Einaudi. Stile Libero Big

Dello stesso autore nel catalogo Einaudi

Tre atti e due tempi

Da quando a ora

Giorgio Faletti
L'ospite

Einaudi

www.einaudi.it

ISBN 978-88-06-23948-0

L'ospite

L'ospite d'onore

Stavo seduto con aria beata in una comoda poltrona d'ufficio e davanti a me Mario Manni, direttore di «Scout» e titolare dell'ufficio e relative comode poltrone, mi stava guardando con l'aria di chi ha visto l'uomo che ha visto l'uomo che ha lanciato il sasso nello stagno.

– Mi sa che è una sòla delle tue.

– Nemmeno per idea. Quando mai ti ho dato una sòla?

– Sempre.

Conoscevo Mario e sapevo che a stento riusciva a sottrarsi al gusto di una battuta, specie quando gli era servita su un piatto d'argento come avevo fatto io.

Se credeva però che sarei rimasto sugli spalti ad applaudire si sbagliava di grosso.

Mi alzai dalla poltrona.

– Bene, vedo che il servizio non ti interessa. Per cui...

– No, aspetta. Cazzo, che ne hai fatto del senso dell'umorismo? Quanto ti hanno dato al Monte di Pietà?

Tornai a sedermi sulla poltrona.

– Molto meno di quello che mi darai tu quando ti porterò le foto e l'intervista in esclusiva.

Mario tolse gli occhiali da miope e si pinzò la radice del naso con il pollice e l'indice della mano destra.

– Cosí –. Alzò verso di me due occhi da trota. – Tu dici di sapere dove si trova Walter Celi...

Sfoderai la mia migliore faccia di tolla, tanto per precisare inequivocabilmente che ero io quello che aveva lanciato il sasso nello stagno.

– Io non *dico* di sapere dov'è Walter Celi. Io *so* dov'è Walter Celi.

Sul viso di Mario arrivò come dal cielo un'espressione angelica.

– Ah sí? E dov'è?

Mi venne da ridere e lo feci.

– Non lo direi nemmeno a mia madre, se fosse ancora viva. Figurati se lo dico a te. So benissimo che Lanzani, nell'altra stanza, si sta facendo venire le orecchie come i parafanghi di un Maggiolino Volkswagen per sentire tutto quello che diciamo. Credi che non abbia visto che hai lasciato l'interfono acceso? Se te lo dico, quella checca isterica è già partita ventre a terra prima che io abbia staccato l'impermeabile dal chiodo.

L'aria angelica di Mario si macchiò di incredulità. *Tu quoque Brutus*...

– Ma cosa dici, io...

La porta si spalancò di colpo e Benito Lanzani irruppe nell'ufficio.

– Falchi, io ti rompo il culo.

– Bravo. Vedo che pure tu sei stato al catechismo e conosci il Vangelo: fai agli altri quello che vuoi sia fatto a te. Riesci anche a porgere l'altra natica?

Per poco non gli venne un attacco isterico.

– Tu sei una maledetta testa di cazzo e io...

Lo interruppi con calma serafica. Misi la gamba a cavalcioni del bracciolo e mossi la mano in modo effeminato iniziando a contare sulle dita.

– Be', non puoi picchiarmi perché è da uomo, non puoi graffiarmi perché è da donna. Non ti resta che odiarmi, odiarmi, odiarmi.

Per un attimo ebbi l'impressione che Lanzani volesse saltarmi addosso, forse perché per un attimo l'ebbe anche lui.

– Basta, voi due!

Manni batté la mano aperta sul piano della scrivania. Si rivolse a me.

– Tu smettila. E tu...

Sparò fiamme dagli occhi verso Lanzani.

– Fuori dai coglioni, idiota.

Il poveretto ebbe un guizzo d'orgoglio. Sembrava Nerone che dopo aver cantato si fosse beccato un coro di pernacchie dai centurioni. Se ne andò risentito, sbattendo leggermente la porta. Probabilmente sarebbe uscito e sarebbe andato a incendiare Roma.

Mario Manni si rivolse a me come se non fosse successo niente, come se non lo avessi pesantemente beccato con le mani nella marmellata.

– Quanto vuoi?

– Centomila.

– Cosa? Tu sei pazzo!

Mi guardai la punta delle dita.

– Scommetti che se il servizio vado a proporlo a «Gossip» me li dànno centomila? Sai quanto aumenterebbe la tiratura con una notizia del genere? Senza contare che puoi dosarla, poco per volta, come è stato fatto con la faccenda di Ducruet e Stefania di Monaco o di Clinton e la Lewinsky. Col materiale che ti porto ci vai avanti due mesi.

Avevo colto nel segno. I suoi occhi dicevano «affondata la corazzata».

– Non ti posso dare centomila euro per una cosa del genere.

Tornai a guardarmi la punta delle dita. Dovevo ricordarmi di dare una mancia piú grossa alla manicure. Bel lavoro.

– Allora facciamo una cosa...

– Cosa?

– Dammi il cinquanta per cento dell'aumento di fatturato che lo scoop ti porterà.

Mi guardò con i pugnalini negli occhi, come Zio Paperone nei fumetti.

– Vada per i centomila.

Prese male il mio sorriso di trionfo.

– Ti odio.

– Anche tu? Non è che sei stato troppo tempo con Lanzani?

– Vai fuori dai piedi. Ti faccio preparare un contratto di opzione dall'amministrazione e te lo mando via fax. Fammi riavere una copia firmata. All'editore gli verrà un colpo...

Mi alzai.

– All'editore verrà un colpo quando vedrà i ritorni del colpo che hai fatto tu. Hai una percentuale sul fatturato, vero?

Affondata la portaerei. Divenne paonazzo e io infilai la porta prima di assistere in diretta a un infarto.

La sua voce mi bloccò sulla soglia.

– Falchi...

Mi girai verso di lui.

– Sí?

– Come diavolo hai fatto a scoprire dove sta Walter Celi?

Mi strinsi nelle spalle.

– Be', grazie alle solite scontate doti che fanno di un cronista un grande cronista. Fantasia, deduzione e colpo d'occhio...

Chiusi delicatamente la porta sul suo attacco di bile.

Appena fuori dall'ufficio di Manni vidi Lanzani. Era vicino alla scrivania di una redattrice e stava parlando con lei, appoggiato al monitor del computer. Il suo sguardo era autentico veleno.

Attraversai l'ampia stanza con le vetrate che si aprivano su vari uffici, sotto gli occhi di un sacco di gente. Mi avvicinai lentamente a Lanzani che mi guardava con crescente preoccupazione. Probabilmente nelle mutande non aveva un paio di palle ma solo la Polaroid di un paio di palle, attaccata con una puntina da disegno.

Arrivai davanti a lui e lo guardai fisso negli occhi.

– Benito, c'è una cosa che non ti ho mai detto...

La sua voce tremò leggermente.

– Che cosa?

Non ebbe il tempo di reagire. Di colpo afferrai la sua faccia con le mani aperte e l'attirai verso di me. Premetti violentemente le mie labbra sulle sue.

Dissi la battuta con un'intensità da Actor's Studio.

– Ti ho sempre amato.

Mi voltai e me ne andai, mentre uno scoppio di risa generale faceva letteralmente saltare per aria il tetto dell'edificio.

Sipario.

Altro che colpo d'occhio, era stato un autentico colpo di culo.

Non c'era giornalista o sedicente tale in tutta Italia che non avrebbe dato una fetta di sedere (Lanzani tutto intero e mettendoci su pure un incentivo) pur di scoprire che fine aveva fatto Walter Celi.

E io ero l'unico a saperlo.

Walter Celi era stato una star della televisione. Forse farei meglio a dire che Walter Celi, per un certo periodo, era stato *la* televisione.

E lo era diventato con la velocità che impiega Benito Lanzani a portarsi a casa un simpatizzante appena conosciuto alla stazione Termini.

(Non diteglielo, per favore. Non a Lanzani, al simpatizzante).

In un momento di proliferazione massiccia dell'offerta televisiva e di guerra spietata fra i due poli, Rai e Mediaset e un terzo polo sempre in agguato e pronto a esplodere da un momento all'altro, c'era da parte di tutti la ricerca ossessiva di nuovo materiale da proporre, sia per quanto riguardava i programmi che per quanto riguardava i personaggi. In questo casino, Walter era arrivato dal cielo come la cometa Hale-Bopp, una roba che si vede ogni duemila anni.

Aveva cominciato per caso, dopo anni trascorsi nei villaggi come animatore turistico, con una trasmissione per i giovani, una striscia giornaliera prima del telegiornale della sera su una rete Mediaset.

Il successo era stato strepitoso. Quell'uomo pareva un concentrato di tutte le doti che compongono il quadro di un artista di successo. Sapeva parlare, sapeva far ridere, sapeva cantare e ballare, era un bellissimo ragazzo e piaceva alle donne. Fuori dagli studi stazionava in pianta stabile un esercito di ragazzine che si strappavano letteralmente i capelli quando lo vedevano, al punto che avevo pensato piú di una volta di mettere su in quel posto un chiosco di parrucche.

Qualsiasi cosa lui si mettesse addosso, qualsiasi auto guidasse, qualsiasi prodotto pubblicizzasse, dopo mezz'ora faceva trend e le vendite salivano alle stelle.

In una parola, Walter Celi aveva *carisma*.

Il suo agente aveva strappato un contratto di esclusiva quinquennale che sembrava quello dei giocatori della Juventus e del Milan messi insieme, per il quale i dirigenti Mediaset avevano avuto il culo che gli bruciava per mesi. Il dolore si era calmato quando c'erano stati i primi riscontri e il bruciore si era trasferito al culo degli sponsor che volevano entrare nei suoi programmi.

Poi, il fattaccio.

Conduceva *È solo sabato*, un programma in diretta il sabato sera su una rete Mediaset (*of course*) e il programma stava sballando tutti i record precedenti quanto a share e indici d'ascolto. Addirittura era stato chiesto, a lui e agli autori, di andare oltre le dieci puntate previste, dato che la trasmissione continuava a crescere settimana dopo settimana.

Gli sponsor si azzuffavano per esserci, i giornalisti si azzuffavano per esserci, gli ospiti si azzuffavano per esserci e i dirigenti, che c'erano, si fregavano le mani come boy-scout col legnetto per accendere il fuoco.

Alla nona puntata, il gruppo degli ospiti d'onore era di assoluta eccezione. Un cantante rock che era l'idolo delle giovanissime (il suo ultimo disco non stava andando troppo bene ma non bisognava dirlo), il cast al completo di un film americano con la strafiga e lo strafigo del momento e Vicky Merlino, la soubrette italiana che dài e dài (e dài), dopo aver fatto perdere le bave a mezzo stivale, le stava facendo perdere a mezza America fino ad arrivare a Hollywood dove in quel momento stava girando un film.

La sera dello show, Walter aveva presentato Vicky e lei era uscita dalle quinte, scendendo le scale accompagnata dall'orchestra. Una roba insomma molto glamour per una star che veniva da Hollywood, con quel briciolo d'ironia che non guasta mai se c'è, ma che non credo lei riuscisse a capire fino in fondo.

Fatto sta che la bellona era arrivata fino a lui, lo aveva salutato, abbracciato e baciato e poi, con un gesto talmente naturale da parere studiato, era scivolata a terra ed era morta.

Morta stecchita.

Dapprima tutti avevano pensato a uno svenimento dovuto alla stanchezza, addirittura Walter mentre si chinava su di lei ci aveva ricamato su una battuta del tipo: «Accidenti, non sapevo di piacerti tanto», ma la verità era saltata subito fuori quando si erano accorti che il cuore non batteva piú.

Gli spettatori a casa erano inorriditi, non al punto di impedire che in quel momento lo share arrivasse quasi al novanta per cento, con un picco d'ascolto mai piú eguagliato e che lo spettacolo, nonostante la legge che lo vuole continuare a tutti i costi, fosse interrotto.

L'autopsia aveva stabilito che il decesso era avvenuto per cause naturali, un blocco cardiocircolatorio causato da una malformazione congenita che Vicky non sapeva o non aveva detto di avere.

I giornalisti, avvoltoi come me, con quel funerale ci erano andati a nozze, se mi consentite l'umorismo nero. I titoli a tutta pagina sparavano cannonate dalle edicole e i telegiornali non parlavano d'altro, anche se niente e nessuno poteva far risalire la minima responsabilità a chicchessia.

Qualche giorno dopo, Walter Celi era sparito.

Non che si fosse ritirato da qualche parte o avesse preso un periodo di riflessione o cose del genere. Dico proprio sparito, scomparso, puff!, volatilizzato.

Il suo agente, i suoi amici, la sua fidanzata del momento (Walter non aveva piú i genitori), i dirigenti Mediaset erano seduti su una sedia ad aspettare che si facesse vivo almeno con una telefonata.

Da quattro anni erano seduti lí ad aspettare coperti di ragnatele ma quella telefonata non era arrivata. Nessuno al mondo sapeva dov'era.

Nessuno tranne me.

Quando uscii dall'ascensore sul pianerottolo di casa (mini-attico con vista sui tetti, skannatoio *very ok*) mia nipote Sara stava seduta sul gradino davanti alla porta.

– Ciao bell'uomo.

– Ciao bella ragazza. Che ci fai qui?

– Stavo aspettando te.

– Be', credo. Non mi sembra il posto giusto per aspettare la metropolitana…

– La portinaia non ha voluto darmi la chiave.

– Bene. A Natale vedrò di darle un panettone fresco e non uno preso a una svendita dell'anno prima.

Si alzò per permettermi di aprire la porta e mi seguí all'interno. Sara era la figlia di mio fratello Claudio, aveva diciotto anni ed era bella come la madre, alta e slanciata come il padre e furba come la nipote di Ulisse. Non so se mi spiego.

Chiuse la porta proprio nel momento in cui il fax cominciava a sputare i fogli del contratto di opzione che Manni mi stava mandando. Mentre li stavo spulciando, Sara si guardava in giro con aria innocente.

– Che ne hai fatto delle mie diapositive?

– Che diapositive?

Sara venne verso di me e spinse in basso i fogli che tenevo sotto gli occhi.

– Riccardo, non fare il finto tonto con me. Credi che mi sia bevuta la tua storiella?

Quando mi chiamava Riccardo invece che zio voleva dire guai. Capii bene lo stato d'animo di Manni. Qualcuno in quel preciso momento stava affondando la mia, di corazzata. E, maledizione, era una ragazzina di diciotto anni, sangue del mio sangue, piume delle mie piume.

E meno male che era solo mia nipote e non mia figlia…

Sara era in realtà l'epicentro del colpo di culo

di cui sopra, una scossa di fortuna con valore sei della scala SuperEnalotto.

Un paio di sere prima ero stato a cena a casa di mio fratello, cosa che facevo almeno una volta alla settimana. Sara era appena tornata da una vacanza in Guadalupa e io mi ero sorbito senza fiatare, anzi con una certa simpatia, la proiezione delle diapositive a documento. Noi tre, vale a dire mio fratello, mia cognata e io, eravamo seduti sul divano e lei, in piedi dietro a noi, faceva scorrere le immagini con un comando a pulsante collegato al proiettore.

Clic spiaggia bianca con palme *clic* mercatino colorato con amici in trattativa *clic* Sara in topless con fischi di ammirazione dei presenti *clic* gita in barca *clic*... Durante lo scorrere delle immagini qualcosa aveva attirato la mia attenzione. L'avevo pregata di tornare indietro e mi ero avvicinato al muro per vedere meglio la foto. Il cuore mi batteva a palla. Nella mia avida testa di avvoltoio vedevo già, stesa sulla sabbia del deserto, la figura senza vita del direttore di un qualsiasi settimanale scandalistico, deceduto a causa del pesante prelievo di denaro che gli avrei fatto, se quello che vedevo era vero.

Sullo sfondo della foto, bello camuffato da una robusta barba, un paio di occhiali neri e un berretto da baseball, c'era Walter Celi.

Sara tornò alla carica.

– Ti sei fatto consegnare le diapositive con una scusa che faceva piú acqua del *Titanic* dopo la collisione.

Però, mica male, la ragazzina. Aveva perfino il dono divino del senso dell'umorismo. Chissà da chi lo aveva preso. Se fossi stato al posto di mio fratello, avrei chiesto la prova del Dna.

Già, mi ero fatto consegnare le diapositive con una scusa che, effettivamente... Appena arrivato a casa avevo infilato quella che mi interessava nello scanner. Il computer mi aveva immediatamente rimandato l'immagine e io avevo ingrandito ed evidenziato la parte incriminata. Non c'era modo di avere la certezza a causa della cortina barba-occhiali-berretto ma io ce l'avevo. Avevo intervistato Walter Celi tempo prima, nella piscina di un albergo di Rimini e avevo notato una voglia di fragola con la forma irregolare di un rombo poco sopra il polso.

Ed eccola lí, la voglia, che brillava rossastra sulla pelle abbronzata della figura nella diapositiva. Avevo baciato l'uomo sullo schermo del computer (lo fa anche Lanzani ma senza lo schermo davanti) e avevo visto, nella mia testa d'avvoltoio, il cadavere del direttore della mia banca steso nel suo ufficio con le ultime rate del mio mutuo che svolazzavano da tutte le parti.

– Be', non credi che un interesse artistico e un certo affetto possano...

Mi interruppe con un gesto della mano, mentre si sedeva sulla poltrona davanti al computer.

– Zio...

Quando tornava a chiamarmi zio dopo avermi chiamato Riccardo voleva dire guai ancora peggiori.

– Tu sei simpatico e sei pure un bell'uomo. Ci sono almeno un paio di mie amiche che farebbero carte false per essere qui al posto mio, ma le loro madri garantiscono che tu sei uno dei piú grossi figli di puttana che abbiano mai mosso le chiappe in questa città, con buona pace della nonna.

– Sara, sono stupefatto del linguaggio che una giovane donna come te...

– La giovane donna come me sono tre anni che prende la pillola e non ha nessuna intenzione di farsi mettere nel sacco da un marpione come te, anche se sei mio zio. Allora?

Con un sospiro a tromba feci cadere le mura di Gerico e le dissi tutto. Mentre parlavo andai in cucina a prendere della Coca-Cola in frigo.

Mentre stavo riempiendo i bicchieri la sua voce mi arrivò dall'altra stanza.

– Quanto ti dànno per il servizio?

– Trentamila.

– Il contratto qui dice cento.

Cazzo. Sara non era la nipote di Ulisse, era Ulisse in persona. E io ero un babbeo. Avevo lasciato i fogli appoggiati sul tavolino proprio sotto gli occhi a vista sherlockholmica di mia nipote.

Sara apparve sulla porta della piccola cucina.

– Come pensi di ritrovarlo? Quella foto non significa niente. Potrebbe essere stato lí di passaggio.

Mi strinsi nelle spalle e le porsi un bicchiere di Coca.

– Be', in ogni caso è un punto di partenza. Una volta sul posto improvviserò. Farò vedere la foto in giro. Ci sarà qualcuno che lo ha visto, che gli ha parlato...

Bevvi un sorso.

– Se ti può interessare, io so dove sta.

Uno spruzzo di Coca partí dalla mia bocca a ricoprire i mobili bianchi della cucina e li leopardò.

– Come, tu sai dove sta?
– Certo.
– Dove?
– Quanto?
– Quanto cosa?
– Quanto mi dài?
– Vorresti dire che pretendi del denaro per darmi un'informazione che…
– Un'informazione che a te frutterà un bel centomila, caro Riccardo.

Quando tornava a chiamarmi Riccardo dopo avermi chiamato zio, voleva dire che io ce l'avevo nel culo, zio o Riccardo che fossi.

– Quanto vuoi, vipera?
– Sarebbe ragionevole, diciamo, il trenta per cento.
– Tu sei pazza. Cinque.
– Venticinque.
– Dimentichi una cosa. Che potrei anche trovarlo da solo.
– Credimi sulla parola. Non lo troveresti mai.

Non so perché, ma le credevo.

– Va bene, dieci per cento.

Rise buttando indietro la testa. Era adorabile e stronza. Ero indeciso se abbracciarla o strangolarla. Ma negli occhi aveva la scintilla, l'immane scintilla che fa l'uomo diverso dalla bestia. Eccome se ce l'aveva.

– Quindici e non se ne parli piú.
– Va bene. Dove sta?

Rise di nuovo. Questa volta mi rimase solo la voglia di strangolarla.

– Non è necessario che te lo dica, tanto vengo anche io.

– Oh no.

– Oh sí, *condicio sine qua non*.

Manni, Manni se tu fossi qui, quale soddisfazione ne avresti. Chi di spada ferisce...

– Fammi sapere quando si parte.

Prese lo zainetto che aveva buttato su una poltrona, se lo mise sulla spalla e aprí la porta.

– Spese a tuo carico, naturalmente.

Stava per uscire quando la bloccai.

– Sara, toglimi una curiosità.

– Dimmi.

Feci la domanda sentendo la voce di Manni ronzare nelle orecchie.

– Come diavolo hai fatto a scoprire dove sta Walter Celi?

Mi guardò con un'aria di sufficienza.

– Semplice. Ci ho scopato.

Uscí lasciandomi da solo con una convinzione. Meno male che era mia nipote e non era mia figlia.

Quando chiusi la doccia, restai un istante a gocciolare e ad assaporare la beatitudine.

Ho una leggera idiosincrasia per gli aerei. Oddio, niente di eccessivo, diciamo solo che mi sento a disagio semplicemente a vederne uno disegnato. Otto ore seduto su un sedile di spine con le orecchie a punta ad ascoltare ogni minima variazione dei motori mi avevano posto sotto le ascelle due piccoli ruscelli di montagna. Quando l'aereo era atterrato a Pointe-à-Pitre, Guadalupa, avevo netta la sensazione di aver sudato persino due salmoni.

Mi avvolsi nell'accappatoio e ancora gocciolante

andai sul balcone a godere della sera dei Caraibi. Appena fuori l'umidità mi avvolse come un foglio di cellophane e fui accolto da un coro di rane da far paura. Avevo prenotato due camere all'*Hotel Méridien* e mi resi conto che quel concerto mi costava come quello dei riunificati Cream, con la differenza che qui non potevo eventualmente alzarmi e andarmene.

A parte la colonna sonora, niente da dire, da quelle parti si trattavano piuttosto bene quanto a panorama. La cartolina era davanti a me, vera e perfetta nei suoi colori smaglianti. Palme, vegetazione e il caldo umido come un respiro ansioso e sensuale tutto intorno. Spiaggia di sabbia bianca e, sullo sfondo, il cielo e il mare che giocavano a chi faceva piú orizzonte.

Nonostante il mio brevetto da avvoltoio, non riuscii a uscire indenne dal pensiero che in certi posti ti trovi appeso in camera insieme al cartellino «Do not disturb». Forse è filosofia con cui ci puoi avvolgere le caldarroste, ma siamo sicuri che vale veramente la pena di farsi tutto il culo che ci facciamo per andare quindici giorni in vacanza dove trovi chi può guardarti dall'alto in basso solo perché ci vive?

Sara aprí senza bussare la porta di comunicazione fra le nostre due camere e interruppe le mie fantasie obbligatorie.

– Sei pronto?

Lasciai il verone e rientrai nella stanza. Quando mi vide ancora in accappatoio ebbe un moto d'impazienza.

– Ancora cosí stai? Ho una fame dell'accidente!

La guardai sorpreso.

– Baronessa, anche lei qui? Mai e poi mai avrei immaginato che lasciasse la natia Oxford in piena stagione del polo...

Mia nipote mi guardò con un'aria in cui la sufficienza era stata da tempo soppiantata da un bel dieci e lode.

– Va bene, appena il signor dotto e forbito avrà posto sulla sua persona acconci indumenti è pretendere troppo se gli chiedo di accompagnare la baronessa *to strafog herself* con prodotti della cucina locale?

Non c'era niente da dire. Mia nipote era una ragazza con un cervello di prim'ordine e, nel casino generale, era pure bella. Sarebbe diventata una donna stupenda se qualcuno, uno zio per esempio, non l'ammazzava prima.

Continuai a ballare sulla stessa corda.

– È pretendere troppo se chiedo a Lady Ballbreaker un po' d'intimità quando mi vesto?

Sara fece uno sbuffo che fece dondolare il lampadario e rientrò nella sua stanza, chiudendo seccamente la porta alle sue spalle. Quando rimasi solo tolsi l'accappatoio e mi spruzzai, ancora sorridendo, un po' di deodorante e un po' di profumo.

Aprii la valigia e indossai una maglietta bianca e un paio di calzoni di cotone blu. Ai piedi misi un entusiasmante paio di Superga pure bianche, che si sarebbero trasformate nel giro di un quarto d'ora in un'arma impropria, voce del verbo chissenefrega.

Mi guardai allo specchio. Mica male.

Lo stesso pensiero affiorò sul viso di Sara quando mi vide. Fece uscire un fischio da una bocca chiusa a sedere di gallina.

– Riccardo, ti ho mai detto che un sacco di mie amiche...?

– Certo, ma di queste amiche ho sempre e solo sentito parlare.

– Sei un vecchio porco.

Le passai un braccio sulle spalle e l'attirai a me, come si fa con un amico di lunga data.

– Be', a dire la verità non mi sento per niente vecchio.

Ridevamo, scherzavamo e ci volevamo bene, perché forse avevamo la stessa età, da qualche parte nella testa. Nel corridoio incrociammo una donna sulla trentina, abbronzata, piuttosto bella, con un abbigliamento indiscutibilmente targato *born in the Usa*. Vidi dal suo sguardo e dalla sua espressione che riteneva di aver individuato un brillante uomo di trentotto anni in vacanza con la «nipotina» adolescente. Alla prima occasione le avrei spiegato che la nipotina non aveva le virgolette e che io non ero un satiro, ma che sarei stato pronto a diventarlo. Con lei, magari raggiungendola nella sua camera. Sfortunatamente, adesso avevo altro a cui pensare.

Ad maiora, Rosalynd.

Superammo indenni l'attacco di mutismo che ogni ascensore porta con sé come optional e sbarcammo nella hall dell'albergo. Seguimmo con sagacia la freccia che prometteva «Restaurant» e, miracolo dei viaggi organizzati, ci trovammo effettivamente nel ristorante all'aperto.

L'arredamento doveva essere stato curato dallo stesso architetto che aveva progettato il Paradiso Terrestre, perché pareva fatto quasi esclusivamente di piante. Dovevo ricordarmi assolutamente di non ordinare mele.

Alcuni camerieri, bianchi, neri e opportune gradazioni intermedie, si aggiravano con aria efficiente e giacche immacolate fra i tavoli.

Un maître con i baffetti sottili, che assomigliava a Macchia Nera, si prese cura di noi e ci fece accomodare a un tavolo. Al momento delle ordinazioni scoprii che il francese di Sara era molto meglio del mio, per cui lasciai vigliaccamente a lei la lotta con il menu.

– Cucina locale?

– Assolutamente.

Dallo sguardo di rispetto che mi rivolse capii che avevo guadagnato dei punti con mia nipote. Nessuno dei due apparteneva a quella categoria di italiani che pretendono di mangiare spaghetti a ogni latitudine e che si aggirano per i ristoranti del mondo guardando tutto con aria schifata.

Sara confabulò con il maître in modo preoccupante e affidò a me il compito di occuparmi dei vini. Scelsi un bianco neozelandese, molto buono anche se poco conosciuto, che mi valse la considerazione e l'aria compiaciuta che di solito i maître riservano agli intenditori.

Aspettammo l'arrivo del cibo sorseggiando il vino dal vago aroma di agrumi e osservando la gente seduta ai tavoli. Facevamo commenti a bassa voce, ridevamo forte, ci sentivamo stupidi e non ce ne importava nulla.

Mia nipote alzò gli occhi dal bicchiere e vide che la stavo osservando con particolare intensità.

– Che c'è?

– Nulla. Stavo pensando a te…

– E che pensavi di me?

– Se un giorno deciderò di avere una figlia, credo che la metterò in produzione tenendo davanti agli occhi una tua foto.

Arrossí leggermente e abbassò di nuovo gli occhi sul suo bicchiere. Il momento di lieve imbarazzo fu tempestivamente risolto dall'arrivo di due camerieri, pelle bianca e pelle nera, uno dei quali spingeva un carrello con i piatti. Sistemarono davanti a noi un baracchino con annessa copertura bombata e, contrariamente agli scacchi dove il bianco muove prima, con un sincronismo che era un peccato non applicare alla danza, sollevarono il coperchio e ci mostrarono il tesoro di un elaborato piatto a base di riso e banane.

Con una paletta mentale diedi un sette alla cerimonia e, dopo averlo assaggiato, un voto molto piú alto al cibo.

Cadde il silenzio degli affamati. Bidone Aspiratutto e nipote spazzolarono con una velocità impressionante il contenuto del piatto e si prepararono ad affrontare la cerimonia successiva, preannunciata dai due camerieri col carrello. Mi resi poi drammaticamente conto che Sara aveva ordinato cibo a sufficienza per combattere la fame nel mondo. Incominciai a guardare la porta della cucina come il generale Custer guardava la collina dalla quale arrivavano gli indiani.

Verso la fine, osservai con malcelata ammirazione mia nipote affrontare a doppio cucchiaino un gelato colorato come una bandiera del Palio di Siena, davanti al quale ero stato costretto alla resa.

Di colpo non ero piú tanto sicuro di volere una figlia cosí...

– Complimenti...

Sara alzò gli occhi ed ebbi diritto a un personale pezzo di cielo azzurro e innocente.

– Perché?

– Se devo essere onesto, preferirei pagarti gli studi che pagarti i pasti. Ti sei appena divorata un corso di laurea alla Sorbona. Adesso capisco perché tuo padre sgobba dalla mattina alla sera...

Sara rise di gusto, cosa che non le impedí di disintegrare il gelato come fosse un nemico personale.

– Mio padre ha manie molto piú costose del mio attaccamento al cibo. E mia madre pure. Ti hanno mai detto che le ragazze trascurate e bisognose d'affetto...

– Quella storia dei balocchi e dei profumi con me non attacca, ragazzina. Tu possiedi una congenita propensione alla crapula che non ha riscontri nella nostra famiglia.

In effetti poche persone erano unite come i tre che componevano il mio nucleo affettivo e questo era il motivo per cui li frequentavo con una assiduità leggermente foderata d'invidia, anche se non lo avrei confessato nemmeno davanti all'Inquisizione.

Una grossa tazza di caffè americano arrivò come un armistizio e dopo accesi con soddisfazione un enorme sigaro che il maître Macchia Nera mi aveva consigliato.

Vita, vita, vita...

Buttai fuori dalla bocca uno sbuffo di fumo che nell'aria immota disegnò un cerchio perfetto. Buon segno. Prima che si dissolvesse ci infilai un dito dentro ed espressi un desiderio. Un uomo beato e dal sicuro avvenire si rivolse con simpatia alla giovane nipote.

– Quando hai... sí, insomma, quando hai incontrato Walter Celi, non lo hai riconosciuto?

– Quando ci sono stata a letto, intendi? Che hai, Riccardo, ti vergogni a chiamare le cose col loro nome?

Sara mi puntò contro uno sguardo che pareva un trapano e io mi sentii uno stupido.

– No, affatto. È che faccio fatica a considerarti come una mangiatrice di uomini...

Sarà si accomodò contro lo schienale della sedia e fece vagare gli occhi per il locale.

– Difatti non lo sono. Questo è un caso speciale, molto speciale...

Fece una pausa e poi cambiò discorso, ritornando al senso della mia domanda.

– Quando è successo quel fatto, il successo di Walter, intendo, quattro anni fa, avevo quattordici anni e seguivo molto di piú certi fenomeni musicali che venivano dall'estero...

Ricordavo benissimo la sua esaltazione adolescenziale per un gruppo rock americano e annuii con la testa. Aveva riempito la sua camera di poster e aveva fatto praticamente impazzire suo padre e me per poter andare al loro concerto, quando erano venuti in Italia. Poi si erano sciolti e Sara aveva pianto a dirotto ma la famiglia aveva tirato un tale sospiro di sollievo che il lampadario era crollato.

Sara proseguí e pareva lei stessa sorpresa delle sue passioni infantili.

– Non mi curavo molto di quello che succedeva

alla televisione italiana. Ti confesso che ho saputo chi era la persona della foto solo quando me lo hai detto tu.

– Cioè vuoi dire che non avevi capito che...

– Esatto. Non avevo capito che il tipo era Walter Celi quando l'ho... ehm, conosciuto qui, in Guadalupa.

Maledetto me e la mia scarsa attitudine alla finzione. Sara ci aveva guadagnato un viaggio gratis e una robusta percentuale sul mio scoop e io ci avevo fatto la figura del pollo. Sentii un leggero afflusso di sangue provocato dal giramento di palle arrivarmi al viso. Cambiai leggermente tono e atteggiamento e Sara se ne accorse.

– Okay. Dov'è?

– Dov'è chi?

Mi sbagliavo o l'innocenza era sparita di colpo dall'azzurro di quel pezzo di cielo contenuto nei suoi occhi?

– Lo sai benissimo di chi sto parlando. Dove sta?

Quell'attimo di silenzio parve durare un secolo. Sara abbassò gli occhi e di colpo il cielo si fece nero.

– Non lo so.

Mi appoggiai con calma allo schienale della sedia.

– Sai, il cibo, il vino e il viaggio devono avermi giocato un brutto scherzo. Per un istante ho creduto di aver sentito le parole *non lo so*.

Se è vero che la miglior difesa è l'attacco, Sara interpretò questa strategia nel modo piú redditizio. Alzò gli occhi verso di me e nei suoi occhi tornò il cielo, ma questa volta era in tempesta.

– Hai capito benissimo. Non so dove si trovi Walter Celi, maledetto lui.

Di colpo dal cielo in tempesta spuntò la pioggia e Sara si mise a piangere. Appoggiò la testa fra le braccia sul tavolo e rimase lí a singhiozzare, mentre i pochi clienti rimasti nel ristorante non avevano occhi che per noi.

Tirai le labbra in un sorriso che avrebbe fatto ticchettare un contatore Geiger. Le misi una mano su una spalla e mi chinai verso di lei.

– Ehi, ragazza, se decidi di continuare forse è meglio che tu lo faccia in privato, prima che qualche poliziotto inizi delle indagini su noi due...

Sara mi concesse nuovamente il privilegio del suo viso. Si asciugò gli occhi senza trucco con il tovagliolo. Lacrime, riso e banane. E spiegazioni. Non c'era tattica diversiva, piangente o ridente, che avrebbe permesso a mia nipote di sfuggire alle sue responsabilità di giovane donna bugiarda.

Dio perdona, io no. O almeno credevo.

– Vogliamo parlare un istante con la serietà che il momento drammatico richiede? A parte il tuo sfogo, che trovo impeccabile dal punto di vista tattico, rimane il trascurabile problema che mi sento leggermente preso per il culo.

Tirò su col naso e come per miracolo apparve un Kleenex. Le donne sono incredibili, giovani o mature che siano. Hanno sempre un fazzolettino di carta con sé, anche quando sono nude. Forse l'evoluzione umana ha creato l'ombelico per dar modo alle donne di infilarci i Kleenex.

Sara interruppe la mia riflessione.

– Io non volevo assolutamente imbrogliarti...

Fece una pausa a effetto che si infranse miseramente contro il muro della mia nascente incazzatura. Sara se ne accorse e scivolò sul patetico.

– Si dà il caso, nonostante quello che tu possa pensare, che Walter Celi sia stato il primo uomo della mia vita. Avevo deciso che quando fosse successo sarebbe stato con una persona importante e in effetti è stato cosí.

– Vale a dire?

– Vale a dire che mi sono innamorata di lui appena l'ho visto...

Mi venne un ciuffo come quello di Elvis Presley ma mi rifiutavo di cantare del rock in pieno *Via col vento*.

– Senti, ragazzina...

Mi guardò come chi si rende conto che, se la chiamavo ragazzina dopo averla chiamata Sara, erano cavoli amari.

– Non puoi farmi fare ottomila chilometri in uno stramaledetto aereo per poi propinarmi la storia fin-dal-primo-momento-che-l'ho-visto. Non credi che a questo punto della vicenda, farsa o tragedia che sia, avrei diritto a maggiori dettagli? Mi stai dicendo che è arrivato su un cavallo bianco, ha colto il fiore della tua purezza ed è svanito nel nulla un'altra volta? Mi stai dicendo che per tutto il tempo in cui sei stata con lui non ti ha detto chi era, dove stava, quando ci stava e che ci stava a fare?

Il tono della mia voce era, mio malgrado, salito di alcuni decibel di troppo. Macchia Nera e alcuni camerieri guardarono con apprensione dalla nostra parte. Gli altri clienti con riprovazione. Sara tirò su col naso e riapparve il Kleenex.

– Ci siamo incontrati nel mercatino, dieci minuti dopo che la foto è stata scattata. Credimi, non sono una ragazzina scema…

– No, – la interruppi. – Tu sei solo una ragazzina. Lo scemo sono io!

La voce di Sara era cosí accorata che avrebbe fatto sembrare arrogante quella della Piccola Fiammiferaia.

– No, zio, appena ho sentito la sua voce ho capito che mi stava succedendo qualcosa di assoluto, che quello sconosciuto con cui stavo parlando per il semplice fatto di essere lí in quel momento già era diventato importante per me. E di colpo, invece di dirmi «*aspetta*», ho sentito una voce che diceva «*adesso*», per cui è successo quello che è successo…

Battute poco edificanti erano in piena frittura mista nella mia bocca. Le abbattei in volo, come al tiro al piattello, perché in ogni caso Sara aveva fatto una scelta e meritava rispetto, giusta o sbagliata che fosse. Il mio silenzio la spinse avanti sulla strada del racconto, ed era una strada in salita.

– Mollai praticamente quattro a zero i miei amici e lui prese in affitto un cottage in riva al mare. Uscivamo…

Attimo di giustificato imbarazzo. Occhi bassi. Kleenex tormentato. Presenza inequivocabile della giustizia divina.

– Uscivamo solo per mangiare e per nuotare. Non credo di essere mai stata cosí felice nella mia vita. Tutte le cose che avevo letto o sentito dire sull'amore mi sembravano addirittura banali, in confronto a quello che provavo io…

Si corresse immediatamente.

– A quello che provavamo noi... È stato poco meno di un mese ed è volato. In un attimo. La sera prima che io partissi Luca...

– Luca?

– Mi aveva detto di chiamarsi Luca Moro...

– Se non altro ha evitato la banalità del solito Mario Bianchi...

Sara non raccolse e andò avanti.

– La sera prima di partire Luc... cioè Walter, voleva trascorrerla in casa, noi due soli. Avevamo preparato una cena speciale, cucinando noi stessi. Lui prese la moto che avevamo a noleggio e uscí di casa per andare a comperare dello champagne e...

– E...? – la incalzai io.

– E da quel momento non l'ho piú visto. Sono rimasta da sola per delle ore, a chiedermi cosa fosse successo. La casa era lontana dal centro abitato e avevo paura a fare da sola tutta quella strada a piedi, al buio. Poi mi sono addormentata e il mattino dopo ho fatto l'autostop e ho raggiunto i miei amici all'aeroporto. Quando l'aereo si è staccato da terra mi sembrava si staccassero dei pezzi di cuore. Da quel momento ho solo cercato il modo per poter tornare. Poi...

Fece una pausa. Non potevo fare a meno di provare tenerezza per lei. La immaginavo sola, impaurita, a distruggere con le mani e con le lacrime un allevamento di Kleenex. Ma nello stesso tempo ero furibondo e si vedeva.

– Poi è arrivato quell'imbecille di tuo zio che ti ha scodellato la scusa su un piatto d'argento...

Forse ero anche un po' velenoso.

– E non ti viene in mente che un comportamento del genere sia tipico di un uomo che ha trovato una bella ragazza con cui divertirsi e che poi quando è passata la festa ha gabbato lo santo?

Mi odiai immediatamente per quelle parole, ma odiai contemporaneamente anche quel fetente che aveva portato me a dirle e mia nipote a piangere. Ed ero sicuro che non fosse la prima volta che accadeva a Sara. Forse ero banale e protettivo ma gli avrei volentieri strizzato le palle in una tagliola per orsi. Per orsi piccoli, visto che sono uno che sa perdonare.

Sara alzò la testa. Non avevo mai visto in vita mia occhi piú azzurri dei suoi, cosí, appena lavati dalle lacrime.

– No. Non è cosí, lo sento...

Ah bene, se l'udito del mondo fosse stato quello abituale delle persone innamorate, l'Amplifon avrebbe avuto il fatturato del Cartello di Medellín.

Non lo dissi. La voce di Sara divenne un sussurro.

– Poi c'è un fatto che è venuto a complicare le cose...

– Che fatto?

– Aspetto un bambino.

Touché. Il mio pomo d'Adamo di colpo divenne un pallone da pallacanestro in mano a Shaquille O'Neal.

– Come sarebbe a dire, un bambino? – balbettai.

Sara approfittò della botta che aveva appena messo a segno per recuperare un po' della sicurezza che io avevo perso completamente. Stavo ritirando il «Pallone d'Oro», non perché l'avevo vinto ma perché c'ero dentro.

La sua voce uccise un uomo morto.

– Sai quelle cose piccole che frignano e portano pannolini e prima o poi dicono «*mamma*» o «*papà*»? Esattamente quello.

La mia lingua poteva tranquillamente essere servita come cotoletta alla milanese senza che nessuno la rimandasse indietro allo chef.

– E chi te l'ha detto che aspetti un bambino?

Sarà riaprí gli occhi e mi guardò come si guarda un uomo che è appena sbarcato da un'astronave dopo un sequestro da parte degli alieni.

– Un signore che si chiama il ginecologo e prima ancora un altro signore che si chiama Predictor. Ti basta il parere di questi due luminari?

Abbassai lo sguardo sul pavimento e cercai con gli occhi i cocci della tegola che mi era caduta in testa. Rimasi in silenzio per un po'. Mia nipote aveva il potere di trasformare un paio di onesti calzoni di cotone in un imbarazzante paio di brache di tela.

Mi guardò e, nonostante la ritrovata favella, c'era smarrimento e un sospetto di paura nel suo sguardo. In fin dei conti era sempre una ragazza di diciotto anni.

– Che facciamo adesso?

Mi alzai dal tavolo e mi lisciai i pantaloni.

– Adesso andiamo a dormire. Io sono bollito come un cotechino e il cervello si rifiuta di collaborare, in queste condizioni. Domani mattina vedremo.

Salimmo nelle nostre camere in silenzio, come se l'intero percorso fosse fatto in ascensore. Ci fermammo davanti alla porta della sua camera. Vidi la sua espressione mogia e l'abbracciai. Era piú bassa di me e il modo in cui appoggiò la testa alla mia spalla mi fece sciogliere di tenerezza.

– Dài, vedrai che si sistema tutto.

– Grazie zio.

La staccai e la guardai bene in viso. Stavolta toccava a me abbandonare Oxford.

– Grazie zio un cazzo! Questo ti costerà la tua percentuale, poco ma sicuro!

Sorrise, finalmente. Un accenno di sollievo iniziava a sorgere dietro il suo sguardo preoccupato.

– Per quello che mi riguarda non me ne frega assolutamente niente. Buonanotte.

Chiuse la porta alle sue spalle e mi lasciò solo nel corridoio. Entrai in camera mia e mentre mi spogliavo, sentivo nell'altra stanza i rumori di Sara che si preparava per la notte. Attraverso i muri sottili la sentii parlare con qualcuno. Capii che stava al telefono con i suoi, per avvertirli che eravamo arrivati bene e che tutto era okay e via dicendo. Chissà cosa avrebbero detto mio fratello e mia cognata, padre e madre premurosi, se avessero saputo di essere in realtà futuri nonna e nonno premurosi? Mi spogliai e mi misi a letto anche io. Il coro delle rane, stranamente, era terminato. Probabilmente il cachet pagato per il concerto non prevedeva bis. Spensi la luce e rimasi al buio ad ascoltare il soffio dell'aria condizionata con lo stesso spirito con cui avevo ascoltato il rombo dei motori dell'aereo. Quello che mi aveva detto Sara continuava a rimbalzarmi nelle pareti del cervello come una palla da ping-pong.

Adesso che conoscevo meglio mia nipote, tuttavia, non potevo fare a meno di chiedermi una cosa.

Era una palla la faccenda della pillola o la faccenda del bambino?

– Allora?

Mentre mi sedevo al volante della Peugeot a noleggio, guardai con aria sconsolata mia nipote seduta sul sedile del passeggero. Faceva un caldo infernale nonostante l'aria condizionata dell'auto e tutti e due ci sentivamo sporchi e sudati. E delusi. E Cristo.

– Niente. Anche qui non l'hanno mai visto. Ho fatto vedere la foto anche ai gechi.

Eravamo nel parcheggio del Coconut Golf Club, una specie di mega-struttura del genere schiaffo-alla-miseria, con diciotto buche diciotto e una club house che doveva essere diretta da Jean-Luc Picard in persona, dove la nostra macchinetta impolverata faceva la figura della carrozza di Cenerentola a mezzanotte e cinque.

Figuriamoci noi.

Avevamo setacciato tutta l'isola, in lungo e in largo senza cavare un ragno dal buco. Senza nemmeno vedere il buco, per essere piú precisi. Il mattino dopo il nostro arrivo eravamo partiti dal mercato in cui la foto era stata scattata e da lí avevamo iniziato un giro che avrebbe fatto impallidire d'invidia Marco Polo. L'agenzia da cui Walter aveva affittato il cottage era stata di poco aiuto. Erano stati pagati in anticipo e non ci avevano rimesso nulla. Sara non sapeva dove fosse stata presa a noleggio la moto, e d'altronde, in un posto dove quasi dappertutto era possibile, come dicevano i cartelli, «Rent a bike», sarebbe stata un'impresa disperata risalire al noleggiatore.

Avevamo visitato i posti in cui lei e Walter erano stati insieme e di seguito pressoché tutto il resto, vale a dire alberghi, agenzie turistiche, agenzie immobiliari, porti, aeroporti, negozi, locali notturni, bar, ristoranti e farmacie. Avevamo interrogato uomini bianchi e neri, donne, bambini, omosessuali, mignotte, istruttori di sub in piena immersione, cani, gatti, cavalli e persino qualche statua. Per maggiore sicurezza avevo portato con me, oltre alla foto in versione barbuta, anche delle vecchie foto di Walter Celi in versione depilata.

Niente. Niente di niente. Nessuno lo conosceva. Nessuno lo aveva mai visto. La risposta era sempre la stessa. Uno scuotimento della testa e un «*Non, monsieur, jamais vu*» che ormai avevo appiccicato addosso come un tatuaggio. Mi ero beccato anche un paio di vaffanculo in creolo ma, avendo capito il senso e non il dettaglio, mi avevano fatto meno male.

La nostra delusione era evidente anche se non c'era da aspettarsi granché da una situazione del genere, riflettendoci col senno di poi. Preso dall'euforia dello scoop, anche io, in un primo tempo, non avevo considerato la difficoltà di trovare qualcuno in un posto turistico che annovera giornalmente una concentrazione di facce nuove da far paura. Avevo dato per scontato, in modo piuttosto approssimativo, che il fuggiasco vivesse sull'isola o che per lo meno ci fosse stato abbastanza a lungo da lasciare delle tracce, ma evidentemente non era cosí.

Probabilmente era stato lí solo di passaggio, probabilmente viveva da tutt'altra parte e si sganzava la vita come un nomade a spasso per il mondo, probabilmente…

Vaffanculo, in italiano questa volta.

Sara e io ci guardammo. Il sole acceso fuori dai finestrini proiettava sui nostri visi l'ombra lunga della delusione. Mi sembrava affaticata.

– Come stai?

Evidentemente nella mia voce c'era un accenno di apprensione che la fece scattare.

– Non ti farai mica prendere dall'angoscia maschile verso la donna incinta, per caso? Sto benissimo, come vuoi che stia? Semplicemente mi girano un po' le balle, ecco tutto. E poi fa un caldo…

Non approfittai della mia esperienza per spiegare a Sara che raramente il giramento di palle fa da ventilatore. Non mi sembrava il caso di aumentare la dose. In ogni caso, era lei la persona piú colpita. Io ci avrei rimesso dei soldi e un po' del mio prestigio da quattro soldi, ma era la sua vita a essere messa in discussione, alla luce dei fatti emersi.

Mentre avviavo la macchina, visto che in qualche modo ci eravamo cascati, affrontai l'argomento che mi stava sul gozzo da qualche giorno.

– Hai già deciso che farai del bambino?

Sara guardava fissa la strada davanti a noi, mentre entravo e uscivo da una cittadina chiamata Capesterre-Belle-Eau, che in realtà era molto piú piccola del cartello su cui stava scritto il nome, e imboccavo la strada che portava a Trois-Rivières, in un susseguirsi incessante di palme, polvere e vegetazione tropicale.

– Non lo so. Continuo a pensarci e non riesco a prendere una decisione. Non credo di essere una stupida e sono anche piuttosto pratica, in genere, ma questa volta non so proprio che pesci prendere…

Mentre parlava prese a tormentarsi le mani e per la prima volta la vidi veramente per quello che era, una ragazza smarrita e impaurita. Il peso di tutto era sulle sue spalle, solo e soltanto lei poteva premere il pulsante che, in ogni caso, le avrebbe cambiato la vita. L'unica cosa che potevo fare era rassicurarla che avrebbe comunque avuto il mio appoggio e lo feci.

Mi guardò come se mi vedesse per la prima volta.

– Sei unico, Riccardo. Sei molto migliore di quanto tu voglia far credere, forse addirittura di quanto tu stesso immagini. Quando siamo partiti per questa storia cercavi una persona per te, per il tuo lavoro, ma dopo quello che ti ho detto, so che la stai cercando per me, e di questo ti ringrazio con tutto il cuore.

Questa seduta di analisi stava prendendo una brutta piega. Mi rifiutavo di farmi ridurre da mia nipote come il tonno della pubblicità, uno che si può passare da parte a parte con un grissino. Feci uno scarto uso slalom e uscii da quel momento di commozione.

– Mi è venuta un'idea.

– Sarebbe?

– Visto che siamo ai Caraibi, c'è il sole, c'è il mare e ci sono le noci di cocco, perché non ci prendiamo un pomeriggio di vacanza? A forza di stare in giro ci sta venendo un'abbronzatura da camionisti. Ora ti dico che facciamo...

Fermai la macchina in una specie di piazzola di sosta. O meglio lo divenne dopo che io avevo deciso che lo era. La strada costeggiava il mare e alla nostra sinistra c'era una spiaggia piena in modo addirittura spudorato di sabbia bianca e mare azzurro, per non parlar del cielo. Aprii la portiera dalla mia parte, girai intorno all'auto e andai ad aprire la sua.

– Ora ci facciamo un bel bagno in questo poster e fino a domani, come dice il flipper, «*game over*»!

Sara scese dalla macchina e, senza dire una parola, si sfilò la maglietta che aveva addosso. Spuntarono la parte superiore di un costume e un sorriso, avvalorando la tesi che chi tace acconsente. Attraversammo la strada e la spiaggia sorvegliata da una lunga fila di palme, sentendo scricchiolare sotto le scarpe la sabbia che sembrava cipria. Depositammo i pochi vestiti in un piccolo mucchio vicino alla riva e ci tuffammo nell'acqua. Restammo lí a giocare nel cristallo caldo di quel mare, come due ragazzini, ridendo e lanciando schizzi e nuotando vicini a lunghe bracciate. Dopo mezz'ora mi trascinai fuori dall'acqua, col fiato corto. Troppe sigarette, troppe notti di fuego e rock 'n' roll e troppo poco sport, ultimamente, per reggere piú di tanto. Mi lasciai cadere a terra, all'ombra di una palma, e accettai di buon grado l'impanatura tiepida della sabbia. Sara rimase in acqua a nuotare e io mi sdraiai su un fianco, parallelo alla riva. Rimasi per un po' a osservarla. A un tratto sentii un *tud!* soffocato alle mie spalle. Girai la testa e notai a terra una grossa noce di cocco che un attimo prima non c'era. Vidi distintamente i titoli sui giornali: «Noto cronista muore in Guadalupa ucciso da una noce di cocco» ed ebbi la visione del mio funerale con tutti gli amici che non riuscivano a trattenersi dal ridere. Mi alzai e mi spostai verso il posto dove avevamo lasciato i vestiti proprio mentre Sara usciva dall'acqua e veniva nella stessa direzione. Arrivammo insieme agli abiti e io ebbi modo di ammirarla in tutta la sua bellezza, lasciando fuori qualsiasi eventualità che il mio giudizio fosse di parte.

D'altronde anche Walter Celi l'aveva pensata allo stesso modo e la prova vivente l'avremmo avuta da lí a qualche mese. Nove, per essere precisi.

– Che meraviglia, – disse Sara mentre inclinava la testa da una parte per strizzare i lunghi capelli. Un po' d'acqua cadde sulla spiaggia e la sabbia se la bevve avidamente.

– Già, peccato che per poco non ci lascio la pe...

Sara di colpo emise un sospiro, girò gli occhi verso il cielo e piegò le ginocchia, con un movimento cosí fluido da parere innaturale. Feci appena in tempo ad afferrarla prima che cadesse a terra. Mi si afflosciò fra le braccia lasciandomi con un dubbio amletico: che fa un uomo solo su una spiaggia dei Caraibi con una giovane donna incinta e svenuta?

– E adesso come sta?

La voce di mia cognata suonava leggermente stridula, per l'effetto cornetta e per la preoccupazione.

– Sta benissimo, ti dico. È stato semplicemente un mancamento dovuto al caldo e al sole, niente di piú. Il medico che l'ha visitata ha detto che è tutto in perfetto ordine, che è sana come un pesce e che la trattiene una notte in ospedale per semplice precauzione...

– Adesso chi c'è con lei?

– Per l'amor di Dio, Marzia, non stai parlando della signora delle Camelie. Tua figlia ha già fatto il diavolo a quattro perché vuole uscire e chiunque sia con lei adesso, Satana a parte, non può che avere la peggio.

– Ma almeno il posto è pulito?

– Ma certo che è pulito. Il giorno che dovranno ricoverarmi, chiederò che lo facciano qui. Sembra un negozio di fiori invece che un ospedale. Ci sono piú bouganvillee che siringhe.

Mia cognata parve tranquillizzarsi.

– Va bene. Meno male che ci sei tu, Riccardo. Mi raccomando, tienimi informata e se devo venire giú dimmelo.

– No, non c'è nessun bisogno che tu venga fino qua. Ti chiamo domani, ciao.

– Ciao.

Appesi la cornetta e sbuffai. In tutto il casino la parte piú onerosa era stata soprattutto quella telefonata. Pagai la bibita e la chiamata al cassiere del bar, un tipo che contava denti e capelli sulle dita di una mano e uscii. Lui riprese a traslocare da una narice all'altra pezzi del suo mobilio personale e a guardare la ventola appesa al soffitto, sperando che Notre-Dame di-quelle-parti la facesse miracolosamente funzionare di nuovo. Attraversai la strada dove, invece che *fiat lux*, *lux non fuit* e superai il cancello dell'ospedale in cui Sara era ricoverata. Percorsi il vialetto d'ingresso, lasciai alla mia sinistra l'area di parcheggio dove avevo mollato la macchina ed entrai nella luce fresca dell'atrio, godendo immediatamente dei benefici dell'aria condizionata.

Dopo lo svenimento di Sara mi ero preso uno spavento da far sembrare ridicolo un incontro con Freddie Kruger. Avevo provato a farla rinvenire spruzzandola con un po' d'acqua di mare ma non c'era stato verso. Mi ero sincerato che respirasse a dovere e l'avevo caricata in macchina, reclinando il sedile in modo che potesse stare distesa ma con la testa leggermente sollevata. Ero partito ventre a terra verso Basse-Terre, un grosso centro a una ventina di chilometri, dove speravo di trovare qualcosa che assomigliasse a un pronto soccorso. Durante il viaggio contravvenni, a esclusione del divieto di sosta, a tutti gli articoli del codice della strada guadalupese, che in ogni caso doveva essere di una pagina sola, visto come guidavano tutti da quelle parti. A un certo punto Sara era ritornata a far parte di questo mondo, autorizzando contemporaneamente me a fare la stessa cosa.

Non c'erano lampadari in macchina, per cui il mio respiro di sollievo, questa volta, aveva fatto cigolare il parabrezza.

– Tutto bene?

– Abbastanza direi... Cosa è successo?

– È successo che sei svenuta, ecco cosa. Per un istante mi sono sentito morire.

Si era appoggiata su un gomito e aveva tirato su il busto per guardare la strada. Era leggermente pallida ma mi era sembrata normale, tutto sommato.

– Se ti può interessare, è la stessa cosa che sta succedendo a me, se non rallenti.

Avevo diminuito la pressione del piede sull'acceleratore e quasi contemporaneamente il polverone che stavo sollevando si era dimezzato. A una velocità pressoché normale eravamo entrati in città e io avevo seguito i cartelli che indicavano un ospedale. Sara aveva protestato.

– Neanche morta voglio andare in un ospedale da queste parti.

Con cipiglio da adulto davanti ai capricci di un bambino l'avevo zittita.

– E invece ci andremo, eccome. Ti prometto che se invece di un medico esce uno stregone con una sveglia al collo ti porto via, ma fino ad allora farai quello che ti dico io.

Durante le mie obiezioni e le sue proteste eravamo arrivati a sorpresa davanti a un piccolo ospedale che sembrava fatto piú da uno scenografo che da un architetto. Non mi sarei stupito se gli infermieri fossero usciti di colpo in gruppo, ballando e cantando come nei musical. Era una costruzione bassa ed elegante, fatta a V, costruita tenendo conto dell'architettura locale, con abbondanza di legno e bambú. Da un edificio centrale dove stavano il pronto soccorso e il ricevimento partivano due ali in cui si aprivano le camere dei degenti. C'era ovunque una estrema pulizia e per di piú il tutto era immerso in un giardino tropicale da far invidia a un vivaista.

Tutti e due ci eravamo tranquillizzati e la sensazione era stata ulteriormente corroborata dall'estrema efficienza dimostrata dal personale. Il medico che aveva visitato Sara, un americano con dei capelli biondo ramati che avrei visto benissimo in divisa da football, mi aveva tranquillizzato sullo svenimento ma aveva espresso il fermo desiderio, per non dire l'ordine, di trattenere mia nipote almeno una notte in osservazione quando gli avevo detto delle sue condizioni.

Sara aveva mugugnato un po' ma probabilmente

era stata cosí favorevolmente impressionata dalla qualità del posto che l'idea di trascorrerci una notte non l'angosciava piú di tanto. Una infermiera dal camice cosí bianco da non accettare due fustini in cambio di uno ci aveva accompagnati per il lungo corridoio in una camera mica male, per essere una stanza d'ospedale. Avevo atteso che si sistemasse a letto e l'avevo lasciata sola per andare a cercare un telefono, visto che quello a gettoni dell'ospedale era fuori servizio per delle riparazioni. Avevo fatto la telefonata di rito a mio fratello e mia cognata e adesso stavo tornando da Sara.

Stop.

Salutai con un sorriso l'impiegata seduta alla reception e attraversai l'atrio per imboccare il corridoio che si apriva alla mia sinistra. Lo percorsi in tutta la sua lunghezza ed entrai distrattamente, senza bussare, nell'ultima stanza sulla destra. Ancora adesso sono contento di averlo fatto. Mi resi immediatamente conto di aver sbagliato stanza. Preso dalle mie menate avevo imboccato il corridoio che portava al reparto maschile, forse tratto in inganno dal fatto che prima eravamo arrivati dalla parte opposta.

Una frazione di secondo dopo essere entrato nella stanza il mio cuore iniziò una pratica da trapezista. Non riuscivo a credere ai miei occhi e al mio culo sfacciato.

Sdraiato nel letto, con una gamba ingessata, c'era Walter Celi.

– E tu hai fatto tutto questo casino per trovarmi?

Mi girai di scatto.

– Ah, io ho fatto tutto questo casino? Ma hai idea dell'ambaradan che hai lasciato dietro di te, in Italia, quando sei sparito? Ancora adesso c'è gente che denuncerebbe la madre ai nazisti pur di sapere dove sei finito. E in piú arrivi qua con un nome falso, incontri una ragazza con annessi e connessi e di nuovo sparisci. Nemmeno David Copperfield è abile quanto te nello sparire.

Walter era ancora sdraiato a letto e Sara stava seduta su una sedia di fianco a lui. Si tenevano per mano. Avevano un'aria abbronzata, stropicciata e felice. Immediatamente dopo essere entrato per errore nella camera sbagliata senza sapere che era in realtà quella giusta, avevo lasciato un laconico *sorry!* a galleggiare per aria, mi ero fiondato in camera di Sara, l'avevo prelevata senza dire nulla e l'avevo trascinata verso un felice cucú-guarda-chi-c'è! Devo dire che i due si erano guardati increduli e poi si erano abbracciati con un trasporto che non avrei mai immaginato. Specialmente da parte di lui, che aveva le lacrime agli occhi e probabilmente una musica nelle orecchie. Sara indossava la faccia che forse aveva avuto Bernadette guardando la Madonna di Lourdes. Ero uscito discretamente dalla stanza sentendomi uno di troppo, anzi qualcosina in piú, diciamo uno di troppo virgola otto. Ero tornato fischiettando il mattino dopo ma non credo se ne fossero nemmeno accorti.

Ma adesso qualche spiegazione, forse, me la meritavo.

Walter mi guardò con gli occhi neri che gli ricordavo, quelli che incendiavano le telecamere e davano agli spettatori l'impressione che fosse seduto in salotto con loro. Erano passati quattro anni, aveva messo su un paio di chili che non gli stavano nemmeno male ma il suo carisma era rimasto intatto.

– Ho già spiegato tutto a Sara. Sono stato investito da una macchina l'ultima sera in cui lei era qui, quando sono uscito in moto per andare a prendere il vino. Mi sono svegliato il mattino in questo posto e avevo una gamba in trazione...

Sara era raggiante e ansiosa di spiegare tutto e tutto insieme.

– Lui non abita qui, ecco perché non ne abbiamo trovato traccia...

– Ho una casa a Marie-Galante, l'isola di fronte alla Guadalupa. Non mi sposto quasi mai e se lo faccio cerco di non andare mai due volte nello stesso posto. Uso un piccolo aereo da turismo che piloto io stesso. Con la marea di isole facilmente raggiungibili con due ore di volo non è difficile passare inosservato. C'è un campo d'atterraggio semi privato, qui, vicino a Lamentin, una specie di torre di controllo con una pista molto approssimativa in terra battuta, dove è possibile sostare e fare rifornimento senza troppe domande. E di solito lascio delle mance che aiutano a dimenticare...

Ecco perché nessuno aveva potuto essermi d'aiuto, né all'aeroporto né altrove. Il nostro eroe si spostava con mezzi propri e io mi sarei dato una mazzata sulla testa per non essermi ricordato che l'amico Fritz era detentore di un audace brevetto di volo. Avevo visto piú di una sua foto in versione Barone Rosso, ai tempi. Riuscii a essere clemente con me stesso perché, forse senza rendersene conto, Walter mi aveva infilato in corpo i germi del disagio. Traspariva dalle sue parole una vita braccata, nascosta, che lui dava probabilmente per scontata ma che per me era piuttosto difficile da acquisire, come concetto.

– Quando ho conosciuto Sara...

Walter si voltò e le sorrise. Fu come aver illuminato uno specchio. Mia nipote gli rimandò il sorriso con occhi che brillavano come un faro. Il silenzio fra loro due era molto piú eloquente di qualunque discorso.

Adesso, tuttavia, c'era una sola cosa che volevo sapere.

Perché?

Walter mi guardò come un nodo guarda un pettine. Sapeva che prima o poi gli avrei fatto quella domanda. Sapeva che prima o poi sarebbe arrivato qualcuno a fargliela e che avrebbe dovuto dare una risposta. Ne aveva paura e nello stesso tempo, probabilmente, la desiderava. Non c'è aereo che abbia la velocità e l'autonomia sufficienti per portarti lontano da quello che hai dentro di te. Iniziò a parlare come uno che si sta togliendo un peso dall'anima.

– Be', tu ti ricordi, quattro anni fa, come era la mia vita...

Annuii con un cenno della testa.

– Stavo infilato in un casino che nemmeno te lo immagini. Oh Dio, non che non mi facesse piacere, ci avevo lavorato per un sacco di tempo per cui ogni gratificazione, per quanto pesante da sostenere, era ben accetta. Ogni volta che provavo un senso di fastidio a sentirmi continuamente chiedere autografi, mi dicevo che quando non me li chiedevano mi dava molto piú fastidio. In fondo era merito del pubblico se andavo in giro con una Bmw e avevo una Ferrari in garage, per cui qualche cosa sentivo di dovergliela. Poi iniziai quella trasmissione...

Si sollevò per accomodarsi meglio nel letto e Sara lo aiutò a sistemare il cuscino. Dopo, Walter alzò lo sguardo al soffitto con occhi che non vedevano la stessa cosa che stavano guardando.

– Tutto stava andando benissimo, c'era euforia, entusiasmo, stavamo ottenendo un successo strepitoso, finché ci fu la puntata famosa, quella in cui doveva intervenire Vicky...

Fece una pausa che mi fece venire un velo di pelle d'oca. Una mosca che svolazzava per la stanza smise di colpo il suo ronzio. Probabilmente anche a lei interessava la storia.

– Le prove iniziavano tre giorni prima della diretta. Di solito ci trovavamo il martedí per discutere della scaletta, al mercoledí c'era la riunione degli autori e il giovedí si iniziavano a provare le canzoni e i balletti. Le prove con gli ospiti le facevamo il venerdí o se c'erano dei problemi di arrivo direttamente nella prova generale del sabato pomeriggio...

Accesi una sigaretta e rimasi ad ascoltare affascinato il suono di quella voce. Non mi stupivo che potesse aver avuto tanto successo. Starlo ad ascoltare era un piacere, storia a parte. Sarebbe risultato affascinante anche se avesse letto, come si diceva, l'elenco del telefono.

– Fu il giovedí, credo, che vidi quell'uomo per la prima volta. Se ne stava in disparte, sempre defilato rispetto al centro dell'attività, come se fosse un visitatore o l'accompagnatore di qualcuno. Non ci prestai molta attenzione, a dire il vero, perché uno studio televisivo è sempre un caos e in quelle condizioni di successo diventa un porto di mare, fra giornalisti, manager, addetti stampa e chi piú ne ha piú ne metta. La cosa che attrasse la mia attenzione, piú dell'abbigliamento strano, fu la faccenda del lecca-lecca...

Lo guardai incuriosito. Anche Sara aveva in faccia qualcosa di molto simile a quello che dovevo avere io.

– Il lecca-lecca?

Walter sembrò non aver sentito quello che avevo detto e proseguí nel suo racconto, come se stesse parlando soprattutto per se stesso.

– Aveva un vestito scuro, di un tessuto strano che a volte rifletteva la luce in modo bizzarro, come se ci galleggiasse sopra un istante per poi sparirci dentro. Aveva una camicia gialla e una cravatta a farfalla rossa, se ricordo bene, e un panciotto a fiori che sembravano veri, come se fossero in rilievo...

Sembrava che il ricordo facesse affiorare nuovi particolari, come se il semplice fatto di parlarne mettesse in luce dei dettagli che al momento non erano stati considerati.

– E aveva costantemente in bocca uno di quei lecca-lecca a palla, tipo Chupa Chups, quello del tenente Kojak, per intenderci. Si vedeva il bastoncino spuntare all'angolo della bocca e il rigonfio nella guancia, mentre si guardava in giro con aria innocente, curiosa, come se quello che vedeva rappresentasse per lui una assoluta novità. Poi era arrivata Vicky e non ci avevo fatto piú caso perché quella ragazza ovunque arrivasse portava con sé il casino. Era una assoluta rompicoglioni, poverina, anche perché sapeva di non essere dotata di alcun talento artistico, a parte il fisico da urlo. Non sapeva ballare, non sapeva cantare e non sapeva recitare ma era una delle piú belle donne che avessi mai visto…

Diede uno sguardo a Sara, le strinse la mano con un gesto che voleva dire inequivocabilmente «esclusi i presenti» e continuò.

– Sopperiva alla carenza con la volontà e con una ossessione quasi maniacale per le prove. Dovevamo fare una cosa insieme, una specie di medley di famose canzoni da musical che veniva dopo un'intervista in cui lei avrebbe parlato della sua esperienza a Hollywood. Fece letteralmente impazzire gli autori e i produttori, perché come tutte le persone insicure aveva bisogno di continue conferme. Il suo segretario, poveretto, era in stato di costante fibrillazione ma in qualche modo la cosa pareva funzionare. Tutto lo studio, da quando lei era arrivata, si era riempito di persone che, con una scusa o quell'altra, venivano a curiosare. Erano soprattutto uomini, per cui non mi ero eccessivamente stupito di veder circolare ancora quell'uomo, quello con il lecca-lecca. Se ne stava lí, con la sua faccia paffuta, non molto alto, le mani dietro la schiena e il bastoncino che gli spuntava dalla bocca, e guardava. Niente altro. Guardava e basta.

Walter aveva dato il via a qualche cosa che si portava dentro da tanto tempo e ora parlava come se ogni parola fosse in realtà un macigno che si toglieva dal cuore. Sara gli passò teneramente una mano fra i capelli.

– Il venerdí sera andammo tutti a cena, alla fine delle prove. C'erano i produttori, il mio agente, il regista, Vicky col suo segretario e io. Entrammo al...

Disse il nome di un ristorante che conoscevo benissimo. Non era eccezionale ma per una di quelle strane occasionali alchimie, era diventato alla moda fra gente dello spettacolo e ci si trovava un sacco di gente disposta a pagare cifre esorbitanti pur di cenare di fianco a star del cinema e della televisione. Cosí va il mondo.

– Fummo accolti, lei soprattutto, dagli sguardi della gente. Gli uomini se la divoravano con gli occhi e le donne la bruciavano viva, sai com'è...

Sapevo, sapevo...

– Il proprietario ci accompagnò in una saletta appartata che ci aveva riservato e mentre lo seguivamo notai, a un tavolo sulla destra, in un angolo vicino alla porta, tutto solo, l'ometto con il vestito scuro. Era difficile non vedere la camicia gialla e quell'assurda farfalla rossa. Ricordo che aveva posato sulla tovaglia, di fianco al piatto, un lecca-lecca ancora incartato. Mentre ci sedevamo chiesi a Roberto Gorla, il produttore, chi diavolo fosse quel tipo.

«Quel tipo chi?» mi rispose.

«Quel tipo piccoletto con il vestito scuro che circola per gli studi con un lecca-lecca in bocca».

Vicky mi diede manforte.

«Dici uno che ha una camicia gialla e una cravatta a farfalla rossa? Quello che sta seduto di là?»

«Esatto, lo hai notato anche tu?»

«Certo, non è uno che passa inosservato».

La conversazione proseguí al punto che Gorla si alzò e andò nell'altra sala per vedere l'oggetto del contendere. Quando tornò disse che al tavolo che gli avevamo indicato non c'era seduto nessuno...

Non ne sapevo assolutamente il motivo, ma cominciai a sentirmi a disagio. Di colpo non fui piú cosí sicuro di voler sapere come andava a finire il racconto. Walter continuò come se fosse ansioso dell'assoluto contrario. Ormai aveva trovato la strada di casa e stava percorrendo gli ultimi chilometri ad andatura sostenuta.

– La cosa finí lí, anche perché, tutto sommato, non era cosí importante. Poi ci fu la trasmissione e quello che successe lo sapete. La sensazione che provai quando mi accorsi che Vicky era morta fu, in ordine di importanza, la seconda cosa piú agghiacciante che ho provato nella mia vita...

Walter fece una pausa. Avevo sulle braccia i peli ritti come soldatini. Non riuscii tuttavia a impedirmi di formulare la domanda.

– E la prima?

Walter mi guardò negli occhi e quello che trovai in quello sguardo non mi piaceva. Per niente.

– Quella notte, quando tornai a casa, ero sconvolto. C'era stato un tale casino, un tale marasma dopo che avevano portato via Vicky. Fa effetto vedere una persona come lei, che era la rappresentazione della vita e della bellezza terrena andare via stesa su una lettiga, coperta da un lenzuolo bianco. Fa effetto vedere uno con una camicia gialla e con un lecca-lecca in bocca guardare la porta dell'ambulanza che si chiude con la stessa curiosità con cui aveva guardato le prove di un balletto...

C'era un'ansia sottile nel racconto di quell'uomo, un'angoscia che adesso si stava trasmettendo anche a noi. L'aria condizionata doveva essersi messa di colpo a funzionare a pieno regime perché improvvisamente stavo provando una sensazione di freddo.

– Avevo l'abitudine di registrare le mie trasmissioni, come fanno tutti. Di solito, il giorno dopo mi rivedevo la trasmissione, per il piacere di quello che avevo fatto bene e la voglia di migliorare quello che avevo fatto cosí cosí. Invece quella sera, appena rientrato a casa, non so perché, andai al televisore e mi riguardai subito la registrazione del programma. Feci scorrere le immagini con l'avanti-veloce finché arrivai al punto in cui presentavo Vicky. L'orchestra attaccava la sigla, lei usciva dalle quinte e cominciava a scendere le scale. Dietro di lei, a un passo di distanza, che la seguiva come un'ombra, *c'era l'uomo con il vestito scuro e la camicia gialla*...

Avevo addosso una pelle d'oca da sembrare un istrice. Sara strinse piú forte la mano di Walter. Vidi che aveva gli occhi pieni di lacrime. La voce di Walter tremava leggermente, come se avesse voglia di interrompere il racconto e non riuscisse a farlo.

– Vidi quella poveretta scendere le scale fra gli applausi, la vidi arrivare fino a me che la stavo aspettando in mezzo al palcoscenico e, subito dopo esserci salutati, vidi l'uomo dietro di lei alzare una mano e toccarle la tempia...

La sua voce si spezzò e ci fu un breve eterno istante di silenzio.

– Vicky scivolò a terra e morí. Vidi, nella registrazione, il momento in cui mi chinavo su di lei mentre arrivava il direttore di studio ma ormai mi interessava solo quello che faceva l'uomo col vestito scuro. Mentre Vicky stava a terra e noi ci affannavamo intorno a lei, lo vidi estrarre un lecca-lecca dalla tasca, scartocciarlo con calma, infilarselo in bocca e uscire tranquillamente dallo studio.

Si fermò, riprese fiato.

– Non so come ho fatto a non impazzire…

Sara e io lo guardavamo e credo che avessimo perso il controllo delle nostre espressioni. La stanza era gelata. Walter scambiò il nostro sbigottimento per incredulità.

– Siete liberi di non credermi, la cosa mi lascia assolutamente indifferente. Io so quello che ho visto e questo mi basta. Chiamai immediatamente il mio agente, lo feci alzare dal letto e lo feci venire da me, urlando. Ero in preda al panico, forse ebbi addirittura un attacco isterico, non lo so. Fatto sta che quando arrivò da me disse che avevo un'aria da pazzo. Io lo feci sedere quasi a forza sulla poltrona e lo obbligai a guardare la registrazione della trasmissione. Quando arrivammo al punto mi ritrovai davanti Marati, il mio agente, che mi guardava come si guarda un folle. Nella registrazione che gli avevo appena mostrato l'uomo con il lecca-lecca era sparito. C'ero io, c'era Vicky e tutto il resto ma di quello che avevo visto prima non era rimasta traccia…

Walter allungò la mano lasciata libera dalla stretta di Sara per prendere una bottiglia d'acqua sul comodino e bere una lunga sorsata. Ci lasciò il tempo per assimilare quanto avevamo appena sentito.

Una domanda mi bruciava in gola. Tutto era incredibile, ma formulare quella domanda voleva quasi dire che ci credevo. E io la feci.

– E l'uomo con il lecca-lecca... lo hai piú rivisto?

Walter si rilassò nel letto e adesso sembrava rinfrancato dalla vecchia regola del mal comune mezzo gaudio.

– No, mai piú. Ma quella volta mi è bastata. Ancora adesso me lo sogno, certe volte, e ne farei volentieri a meno. Anche perché, di tutta la gente che c'era in giro, adesso lo so per certo, *solo Vicky e io l'avevamo visto*.

Ci lasciò un istante per riflettere e proseguí.

– Ecco perché sono sparito. Il giorno dopo andai da un notaio amico mio e gli firmai una delega per vendere tutto quello che possedevo. Chiusi i conti in banca e trasferii tutto il mio denaro su un conto cifrato alle Barbados che avevo aperto tramite una banca di Montecarlo. Per mezzo di un'organizzazione che aiuta chi vuole sparire senza lasciare traccia ebbi documenti, un nome nuovo e un posto dove stare. Il resto lo sapete. C'è una sola cosa di cui sono sicuro, però. Per tutta la mia vita non entrerò mai piú in uno studio televisivo.

Il silenzio fluttuò basso nella stanza come i vapori del ghiaccio secco. Si sentiva solo il ronzio dell'aria condizionata. Sara si alzò dalla sedia e andò ad abbracciare Walter. I due rimasero cosí, in silenzio. E quel silenzio era di nuovo un discorso dal quale ero escluso.

Io mi avvicinai alla finestra e rimasi a guardare fuori, attraverso il vetro. Le bouganvillee di colpo non mi sembravano piú cosí colorate e le foglie delle piante non mi parevano altrettanto verdi. C'era il sole e c'era uno spicchio di cielo, su, oltre il bordo del tetto, ma improvvisamente avevano perso ogni fascino.

Non sapevo cosa pensare. Mi ritrovai mio malgrado a ricordare con un sorriso amaro Li'l Abner, quando diceva che nulla è piú confuso della confusione.

La sensazione dominante era che avevo voluto sollevare il coperchio della tazza e ora mi toccava sentire l'odore della merda.

Aprendo la porta del mio appartamento, fui quasi sorpreso di vedere che tutto era rimasto come lo avevo lasciato. Tuttavia la donna delle pulizie aveva approfittato della mia mancanza per infliggere un duro colpo al mio disordine abituale. Ci sarebbe voluta una settimana per scoprire dove aveva messo cosa, ma tutto sommato non mi dispiaceva entrare in un appartamento che per una volta pareva abitato da un essere umano.

Sara era rimasta in Guadalupa con Walter Celi. Appena lo avrebbero dimesso si sarebbero trasferiti nella casa di Marie-Galante.

Insieme.

Forse l'amore vero non esiste ma quello che c'era fra quei due mi pareva un surrogato sufficiente a farli stare bene per un sacco di tempo. Poi la vita è vita e, in quanto tale, è un avvenimento a rischio. Non è possibile mettere un preservativo, come si fa in altre occasioni. D'altronde, quando sei in moto e ti prude la testa, non dà nessun sollievo grattare il casco.

Prima di partire ero andato a prendere all'aeroporto mio fratello e mia cognata, arrivati di gran carriera dopo aver parlato al telefono con Sara. C'erano stati pianti da parte di Marzia e silenzi da parte di mio fratello alla notizia del bebè in arrivo ma alla fine, come succede nei film, la giustizia aveva trionfato in un commosso abbraccio generale.

Amen.

Lasciai la valigia nel corridoio e respirai per un momento aria di casa. Dalla finestra socchiusa arrivava il rumore del traffico di Roma e la vista della cupola di San Pietro aveva qualcosa di rassicurante. Andai al computer e accesi lo schermo per ascoltare i messaggi della segreteria-fax inserita nel modem.

C'erano un paio di comunicazioni di aspiranti fidanzate, una giaculatoria di Manni che non aveva piú avuto mie notizie, un collega che voleva un indirizzo, la segretaria di un'agenzia che richiedeva urgentemente una fattura e un paio di amici che si chiedevano che fine avesse fatto Riccardo Falchi.

Accesi una sigaretta e mi lasciai cadere su una poltrona. Era esattamente lo stesso tipo di interrogativo che avevo in testa io. Forse la domanda che avevo trovata appesa nella mia stanza d'albergo, in Guadalupa, necessitava di una risposta prioritaria, forse fumavo troppe sigarette, forse stavo invecchiando, forse...

Rimasi seduto a fumare e pensare finché decisi che era ora di farlo. Mi alzai e andai nella mia camera, dove troneggiava, oltre al letto protagonista assoluto, un televisore Grundig da quaranta pollici tipo cinema. Andai a frugare nelle mie cassette, finché trovai quella che cercavo. Sapevo che c'era. Avevo programmato quella registrazione e poi l'avevo infilata in mezzo alle altre senza nemmeno guardarla. Ero certo di non averla mai cancellata.

Seduto sul letto guardai la cassetta che tenevo in mano come si guarda un oggetto di provenienza sconosciuta. E mentre la guardavo gli occhi scivolarono dalla realtà al ricordo. Ripensai a quella sera, rividi come nella soggettiva di un film la mia mano che chiudeva la macchina, la camminata fino alla porta d'ingresso degli studi, rividi le persone che avevo salutato mentre infilavo il corridoio, rividi le porte dei camerini con i nomi degli ospiti, le porte aperte della sartoria e del trucco.

E poi rividi lui.

Mentre entravo nello studio dove stava per cominciare lo show, proprio sull'ingresso, avevo incrociato quel tipo bizzarro con il vestito scuro e il bastoncino che gli usciva dall'angolo della bocca e la guancia rigonfia della pallina del lecca-lecca. C'era stato quell'attimo di impasse che si verifica a volte quando qualcuno esce e qualcuno entra dalla stessa porta. Eravamo rimasti lí per un istante, prima di sfilarci e passare, lui a destra e io a sinistra. Il colore della camicia e quel panciotto disegnato a fiori che parevano in rilievo furono solo un lampo fugace nella memoria. I suoi occhi erano davanti a me, con la stessa nitidezza della prima e unica volta in cui i nostri sguardi si erano incrociati, cosí vicini da poter distinguere nettamente le sue pupille, nelle quali il colore non era immobile, ma pareva in continuo movimento. Fu come affacciarsi per un attimo sul bordo di un pozzo, nel quale l'acqua che rifletteva la luna non fosse uno specchio piano, ma si muovesse come aspirata da un gorgo. Solo adesso capivo la sensazione strana che quel bizzarro e paffuto ometto mi aveva provocato dentro. Allora avevo fretta, la maledetta fretta di esserci e di vedere quello che volevo vedere, sentire quello che volevo sentire e capire quello che volevo capire. C'è sempre una ragione in tutto quello che succede. Si può fare finta che non sia cosí e andare e venire e dormire e pensare di vivere e nascondere la testa sotto le coperte fino a che qualcuno o qualcosa non arriva a dimostrare che è tutto inutile.

Non infilai nemmeno la cassetta nel televisore. A quel punto era assolutamente superfluo. Pensai a Walter Celi, pensai a Vicky Merlino e a me, mentre mi alzavo e andavo nel salone a versarmi qualcosa di forte da bere. Tre persone unite dalla casualità e forse dalla curiosità insana di sapere che gusto potesse avere quel lecca-lecca. Probabilmente non era stata solo una coincidenza che io, proprio io e nessun altro fosse riuscito a scoprire dove Walter stava nascosto. Ecco la ragione che avrei dovuto scoprire, anche se non sapevo dove andarla a cercare. Ma avevo tempo, forse addirittura troppo, per farlo, anche se non ne avevo nessuna voglia.

Ci sarebbero stati altri giorni e altre notti e quelli che mi frequentavano si sarebbero inevitabilmente chiesti che cosa mi era successo, che fine aveva fatto la persona che conoscevano, quello che avrebbe scherzato anche davanti al diavolo in persona. Non sarebbe servito a niente far vedere loro la cassetta. Ero sicuro che, se altri l'avessero guardata, l'uomo con il lecca-lecca e il vestito scuro, se per me c'era, per loro non ci sarebbe stato.

E la risposta a tutte quelle domande poteva essere solo una.

Adesso avevo paura.

Per conto terzi

La stazione è il normale scalo ferroviario di una città di provincia.

Binari dietro e binari davanti, fili tesi a fare a strisce il cielo e la ruggine delle traversine a colorare il pavimento fino alla curva che si indovina in fondo. Di fianco, un edificio lungo e basso che per architettura e colore non potrebbe essere altro che una stazione. Il cartello blu appeso propone «Asti» ai viaggiatori sui convogli di passaggio e lo impone a chi si ferma.

Il treno stride di freni e di ferro fino ad arrestarsi e le porte si aprono.

Passeggeri scendono mentre una voce suggerisce coincidenze. Nomi che non fanno sognare, ordinarie vicinanze, semplici ritorni a casa. Fine dell'avventura di un viaggio, che in posti come questo non è quasi mai tale. Sono eventi giornalieri che offrono come ricompensa la rigida e ineluttabile monotonia della pendola.

Tic, tac, tic, tac...

Un'oscillazione all'andata e un'altra al ritorno, ogni giorno uguale, finché la carica non finisce e rimane solo da constatare se l'ultimo secondo corrisponde a un *tic* o a un *tac*. Mentre scende dal treno, l'uomo che ha preso la sua decisione pensa che quella in fondo è anche la sua vita, un treno al mattino e uno alla sera, senza soluzione di continuità, finché sarà troppo stanco per continuare.

O la vita deciderà che lui è troppo stanco per continuare...

In ogni caso, l'uomo che ha preso la sua decisione ha promesso a se stesso che quello sarà un giorno speciale. Il giorno in cui il pianto avrà una giustificazione e il dolore una ricompensa. Il giorno in cui andrà a caccia di un sorriso, non per lui ma per una persona morta.

O per tutte le persone morte.

Se tutto fosse migliore, se tutto fosse giusto, se tutto si avvicinasse anche solo a una parvenza di quella legge che dovrebbe essere uguale per tutti, non ci sarebbe ragione di fare quello che ha scelto di fare.

Se tutto fosse stato diverso...

Quei pensieri sono cosí forti dentro di lui che serra d'istinto le mascelle. Sono cosí chiari e cosí chiara è la sua motivazione che non si stupirebbe di averla stampata sul viso. Si meraviglia che la sua determinazione non sia un colore o una statura o una dimensione tale da farlo risaltare in mezzo alla gente che ha intorno come il personaggio abnorme di un grottesco cartone animato.

Invece il suo volto e la sua espressione e la sua statura sono quelli di sempre, e naviga in mezzo a persone come una barca senza tempeste né bandiera. Nessuno fa caso a lui. Hanno tutti la mente rivolta a qualcosa che hanno trovato o stanno per trovare all'inizio o alla fine del loro breve o lungo o facile o noioso percorso. Per tutti è solo un altro anonimo passeggero che affronta il tempo e lo spazio e si perde nella piazza della stazione.

Appena fuori, si ferma e guarda con gli occhi dell'abitudine una città che ha già visto molte altre volte.

Lí e altrove.

Paesaggio di provincia, panorama da scalo ferroviario: alberi, taxi, autobus, una fontana, dei negozi ai lati. Il refrigerio di una gelateria per i giorni d'estate. Una popolazione spuria che è la somma di quella e di tutte le stazioni del mondo. Anche dall'altra parte di quel percorso giornaliero che da anni è la sua vita c'è una scena come quella. Cambia il nome sul cartello all'arrivo del treno, cambia il teatro, cambiano gli attori, ma non i personaggi.

Serve solo un attimo o poco piú per capire chi è chi, se uno ha desiderio o voglia di farlo.

Scrolla leggermente le spalle e si avvia a piedi, senza fretta, perché non ha scadenze da rispettare ma solo un risultato da ottenere. Mentre attraversa la piazza e ha come unico scopo la città, pensa che il giorno dopo, quando salirà di nuovo su quel treno, si lascerà un orologio fermo alle spalle. Non sa come sarà il suo passo e quali saranno il suo respiro e i suoi pensieri, ma è certo che non saranno piú gli stessi. Si allontana, protetto dal soprabito anonimo che indossa e che non riesce a dare vigore alla sua camminata e a nascondere le spalle leggermente curve.

Nella tasca destra di quel soprabito, l'uomo che ha preso la sua decisione nasconde una pistola.

1.

Il Bradipo aveva due voci.

Una era per tutti, quella con cui parlava al mondo e che chiamava la Voce Buona. Era la voce che ragionava, che salutava e diceva grazie e prego e scusi, ma non era niente altro che una specie di maschera sonora, un paravento dietro al quale nascondersi per tutte le ore che doveva passare fra la gente. E poi ce n'era una riservata a lui soltanto, quella che sentiva dentro e con la quale ragionava e parlava come se provenisse da una parte autonoma del suo cervello. In tutto quel tempo era stato cosí bravo a nasconderla che nessuno sospettava esistesse. Quella era la sua vera voce.

Era la Voce Cattiva.

Quella che adesso si muoveva senza parole sulla sua bocca, mentre guardava le ragazze e si leccava le labbra.

Aveva lasciato la macchina nel parcheggio sul retro dell'albergo e a piedi era uscito dal buio sul viale alberato davanti allo stadio. Aveva piegato a destra e si era lasciato l'hotel alle spalle, accettando come un timbro sulla pelle del giubbotto il riverbero delle luci che proveniva dai saloni. Camminando piano e guardando fisso davanti a sé, aveva attraversato la strada e si era avvicinato alla recinzione solo quando si era trovato dalla parte opposta alla caserma dei vigili del fuoco.

Non stava facendo niente di male ma, con i suoi precedenti, voleva evitare di attirare l'attenzione. La caserma era una posizione immota che avrebbe potuto animarsi da un momento all'altro, e poi c'era sempre qualche vigile annoiato che lanciava uno sguardo di troppo fuori dalla finestra. Era gente addestrata a vedere, oltre che a guardare. E lui non voleva essere né guardato né visto.

Non in quel posto e a quell'ora, almeno.

Aveva attraversato la strada solo quando era arrivato all'altezza di una macchia di oleandri che definiva il confine fra la rete e il muro, dove il viale diventava curva e il muro il cancello dell'ingresso di servizio dello stadio. Si era sistemato in modo che quei cespugli posti nel breve tratto erboso che costeggiava l'asfalto lo proteggessero il piú possibile dagli sguardi di chi si trovasse a passare sulla strada, a piedi o in macchina. Anche se quella non era piú stagione di passeggiate a piedi e a quell'ora della sera le auto tiravano via dritte, lamiera squadrata e ruote tonde che portavano gente verso una casa e verso una cena.

Tirò su il bavero del giubbotto e appoggiò le mani alla griglia rivestita di plastica verde. Con dita a uncino si ancorò alla rete come un parassita al suo ospite. Dall'altra parte c'era il verde luminoso dell'erba di un campo da calcio, scintillante di umidità sotto le luci. Dall'altra parte c'era il mondo che riempiva ogni giorno le sue fantasie. Davanti alla porta piú vicina a lui, le componenti di una squadra di calcio femminile stavano facendo allenamento sotto le luci sparate dei riflettori. Quasi tutte indossavano la tuta, ma qualcuna, nonostante la serata fresca, aveva i calzoni corti e le gambe spiccavano nude e sode sotto il bagliore quasi sfacciato dei tabelloni pieni di fari, su in alto.

Ce n'era una in particolare, piú alta della media delle sue compagne, con un viso dolce e un corpo magro e flessuoso che ricordava molto il fisico di una modella piú che quello di una sportiva. Si era allontanata dal gruppo che stava ascoltando le parole piene di gesti dell'allenatore. Se ne stava a pochi metri di distanza e palleggiava con abilità sorprendente, trasferendo senza difficoltà il pallone dal piede destro al sinistro e al ginocchio e ancora al piede, con un movimento di anche che conferiva a quel gesto tecnico una strana sensualità, un colore di danza sotto la luce bianca.

Era ancora abbronzata nonostante l'estate fosse ormai un ricordo, e il Bradipo pensò che ogni tanto facesse una lampada in qualche centro estetico per mantenere intatto quel colore ambrato. Se l'immaginò uscire dai vestiti ed entrare nuda nella cabina della doccia solare, i seni sodi e le natiche acerbe liberi di essere frugati dalle dita viola dei raggi Uva.

Il Bradipo si passò un'altra volta la lingua sulle labbra. Non ne ebbe nessun sollievo, perché la bocca era piú secca delle labbra. Sentiva il peso di un'erezione gonfiargli i pantaloni. Avrebbe voluto entrare con lei nudo e furtivo nello spazio angusto di quella cabina e parlarle con la Voce Cattiva mentre glielo metteva dentro. L'idea improvvisa che potesse essere vergine gli fece salire una vampata di calore dallo stomaco alle tempie. Sarebbe stato un piacere ancora maggiore prenderla con furia, senza nessun tipo di cura per lei, sapendo che quell'atto ruvido le avrebbe provocato un poco di dolore...

Fatti una sega, disse la Voce Cattiva.

Non qui, rispose a fior di labbra usando la Voce Buona.

Trattenne a stento l'impulso di sbottonarsi i pantaloni, tirare fuori l'uccello e masturbarsi al ritmo dei palleggi della ragazza. La Voce Cattiva non sempre andava seguita. Aveva avuto già troppi guai per colpa sua, e aveva dovuto imparare a tenerla a freno.

Almeno un poco. Almeno in pubblico.

Sul campo la ragazza smise di palleggiare, come riscuotendosi da un suo momento di intimità, dal dialogo esclusivo con un pallone che in quel frangente forse rappresentava piú di quello che era logico rappresentasse. Con un guizzo agile del piede alzò la palla da terra e la strinse fra le mani. Tenendola sottobraccio, girò le spalle alla posizione in cui stava il Bradipo e rientrò verso il gruppo, che non si era accorto della sua assenza.

Mentre si allontanava, il gioco delle sue natiche sotto il tessuto leggero dei pantaloncini bianchi divenne quasi ipnotico agli occhi affascinati del Bradipo.

Ti ha visto e vuole eccitarti, quella puttana, disse la Voce Cattiva, urlante e silenziosa.

Il Bradipo rimase indeciso. Forse quella volta la Voce Cattiva aveva ragione. Forse quella giovane donna aveva la malizia e la provocazione di una donna adulta. Di una delle prostitute con le quali riusciva a scopare ogni tanto, quando aveva i soldi per permettersele.

Nel soddisfacimento delle sue variegate libidini, il Bradipo era afflitto da una serie di problemi: era brutto, senza un centesimo e gli piacevano le donne belle. Il suo viso dagli occhi sporgenti e acquosi, gli incisivi pronunciati e la quasi totale assenza di mento gli avevano guadagnato il soprannome che ormai si portava addosso come un epitaffio. Per tutti, Annibale Bertolino era morto il giorno maledetto in cui, quando stava in prigione, qualcuno aveva detto che somigliava al bradipo di quel cartone animato, *L'era glaciale*.

Era entrato in galera da uomo, ne era uscito come una caricatura.

Questo non gli aveva cambiato la vita, almeno sotto un aspetto formale. Come prima, Annibale o Bradipo che fosse, le uniche donne con cui riusciva ad avere dei rapporti gratuiti lo disgustavano. E lui disgustava quelle che davvero gli piacevano.

Tutto quello che poteva fare per avere del sesso era pagare. Le puttane erano le uniche donne che riuscivano a soddisfare le sue voglie e a realizzare le sue fantasie. Le cercava su Internet, in uno dei tanti siti pieni di foto allusive, natiche e seni nudi offerti alla vista e talvolta visi leggermente sbiaditi per cercare di mascherare lineamenti che, nonostante tutto, si indovinavano lo stesso ed erano per questo ancora piú eccitanti. Erano ragazze giovani, squillo di lusso, e il corrispettivo era sovente inarrivabile per le finanze del Bradipo. Qualche volta, quando le tasche erano vuote, si accontentava di osservare quelle immagini accese sullo schermo e si masturbava lasciando correre la sua immaginazione, creando nella sua testa il film di quello che avrebbe potuto fare con una qualsiasi di loro.

La prossima volta avrebbe scelto una ragazza che somigliasse a quella che fino a poco prima aveva fatto saltare il pallone sui piedi con quel movimento ipnotico, quasi un'allusione sessuale.

Su, giú, su, giú, su, giú...

Si sarebbe procurato i vestiti e le avrebbe chiesto di vestirsi come lei e le avrebbe chiesto di spogliarsi in bagno e di fare la doccia, come fa ogni sportivo dopo l'allenamento. Poi...

Le luci del campo si spensero, spegnendo nello stesso tempo lo schermo mentale sul quale stava proiettando le sue immagini. La donna che si stava spogliando per lui si sciolse e galleggiò in una macchia giallastra davanti agli occhi.

Il Bradipo rimase da solo e al buio, come sempre.

Restò qualche istante ancora aggrappato alla rete, come fosse elettrificata dalla sua eccitazione. Poi si staccò, lasciò la protezione del cespuglio e attraversò la strada per tornare alla macchina. Mentre camminava, pensava a come fare per procurarsi del denaro. Era in bolletta sparata, ma si sarebbe inventato qualcosa. Da sempre si arrangiava e lo avrebbe fatto anche quella volta. Un suo amico gli aveva appena presentato dei tipi che gli avevano assicurato che c'era da fare bene con lo spaccio, che ormai la droga era un articolo universale con un mercato aperto a tutte le categorie sociali.

Fumo, coca, eroina, ecstasy...

Uno sballo garantito per tutte le tasche e per ogni tipo di assuefazione.

Lui era sempre stato fuori da quel giro, non per un codice morale ma perché non aveva mai avuto occasione di entrarci. Si era sempre arrabattato con piccoli furti negli appartamenti, squallide rapine a pensionati usciti dall'ufficio postale, scippi e roba del genere. Poca roba per la quale non era quasi mai stato beccato. Le cose che maggiormente lo avevano segnalato alla polizia erano state delle denunce per molestie da parte di alcune ragazze, denunce che si erano risolte in una bolla di sapone quando lui aveva smesso di perseguitarle.

La sola volta che aveva tentato qualcosa di grosso, era andata come era andata. Forse lui e i suoi amici avevano fatto il passo piú lungo della gamba. Come risultato, si erano trovati dentro con sul groppone piú capi d'imputazione che pulci addosso a un cane.

Eppure tutto sarebbe andato liscio come l'olio, se solo non ci fosse stata quella dannata curva e quella dannata macchina...

Tuttavia, in prigione il Bradipo aveva imparato come va il mondo. Un certo mondo, almeno. Quelli veri, sgamati, gli avevano spiegato come si fanno i soldi. E lui aveva capito che la legge è una rete dalle maglie piuttosto larghe. Secondo la regola, si sarebbe dovuto fare dentro diversi anni. Ma con il patteggiamento, l'indulto e lo sconto di pena per buona condotta se l'era cavata con meno di tre.

E adesso era deciso a fare sul serio.

Per pagarsi tutte le puttane che gli piacevano e tutti i buoni avvocati che servivano, quelli che permettono di entrare in carcere la sera e di uscire il giorno dopo.

Passo dopo passo era di nuovo davanti all'albergo. Dall'interno del salone illuminato arrivavano voci e rumore di stoviglie. Forse una delle tante cene sociali di Rotary, Lions o roba del genere. Gente ricca, con le tasche piene di grana, di quelli che non avevano problemi e che forse non ne avevano mai avuti. Quelli che passavano con le loro macchinone lucide e pulite davanti a Praia, il quartiere malfamato dove abitava lui, lanciavano uno sguardo disgustato o distratto e passavano oltre, diretti alle loro belle case sulle colline o nel centro storico.

Bastardi teste di cazzo, disse la Voce Cattiva.

Lasciò la Voce Cattiva appesa alle finestre a urlare la sua ira. Svoltò l'angolo e la sua mente cancellò quello che stava vedendo e tornò a quello che aveva appena visto. L'eccitazione spazzò via quell'accenno di rabbia. Ora sarebbe rientrato a casa, avrebbe acceso il computer e sarebbe andato a spasso su Internet a cercare una ragazza che somigliasse alla sconosciuta giocatrice di calcio. Quando l'avesse trovata, sapeva che avrebbe recuperato intatta la sua Voce Cattiva per parlare con l'immagine sullo schermo, in attesa di poterle parlare di persona.

Magari le avrebbe anche telefonato, per sentire la sua voce e sapere quanto chiedeva per assecondare le sue fantasie.

Eccitato da quell'idea, affrettò il passo e raggiunse la macchina, che aveva lasciata discosta da tutte le altre, col muso appoggiato a una siepe d'alloro che delimitava il parcheggio. Stava cercando le chiavi nelle tasche del giubbotto quando dall'ombra gli si parò di fianco una figura d'uomo, annunciata dall'ondeggiare di un soprabito. Prima ancora di riuscire a distinguere i suoi lineamenti, realizzò che nella mano sinistra impugnava una pistola.

Il suo tono era basso e senza emozione.

– Buonasera, signor Bertolino.

Istintivamente il Bradipo fece un passo indietro.

– Chi cazz…

– *Shhh*, – lo zittí l'uomo. – Non fare casino e sali in macchina.

Mentre estraeva le chiavi e apriva la portiera, sempre tenendolo sotto mira, l'uomo passò dall'altra parte dell'auto per sedersi sul sedile del passeggero.

Entrarono in macchina e la luce del cruscotto cadde sul viso dell'uomo con pistola. Il Bradipo aveva un sacco pieno di pessime memorie e ci frugò dentro.

– Ma io ti ho già visto. Tu sei…

L'uomo lo interruppe.

– Non ha importanza chi sono io. Ha importanza chi sei tu.

Il Bradipo non aveva un cervello che gli permettesse di fare troppe cose insieme. Mise da parte tutte le domande che si stava facendo e iniziò ad avere paura.

– Che cosa vuoi?

Si rese conto che dalla sua bocca era uscita una tremante Voce Buona.

L'uomo indicò con la mano libera dalla pistola un punto imprecisato oltre il parabrezza.

– Viaggiare un poco. Metti in moto. E vai piano.

Mentre girava la chiave per l'avviamento, il Bradipo si sentí di colpo la gola secca e non riuscí a trovare nemmeno un'altra parola da dire con una qualunque delle sue voci.

2.

Intanto che si faceva strada fra i cespugli, Carlin Bonomo non poteva fare a meno di sentirsi un poco contrariato. Suo figlio, che parlava come parlano i giovani, avrebbe detto incazzato, e forse sarebbe stata l'espressione piú giusta. Se le cose procedevano in quel modo, sarebbe stata la seconda notte in giro a vuoto per la campagna. La stagione era stata quella che era stata, e la logica della meteorologia che regolava il suo secondo lavoro si stava dimostrando una scienza esatta. Durante l'estate non aveva piovuto, e il sole e il caldo non avevano avuto nessun tipo di antagonista.

Dunque, secondo una prassi consolidata, ottima annata per il vino. E di conseguenza annata di merda per i funghi e i tartufi. Carlin ricordava l'espressione beata che portavano stampata sul viso tutti quelli che avevano appena vendemmiato un'uva capace di diventare nel tempo un grande prodotto. Ricordava come si sfregavano le mani in attesa di mettere le loro etichette su bottiglie che avrebbero raggiunto le tavole di ristoranti in Italia, in America, in Russia, in Giappone.

Quello che lo faceva incazzare era che su quelle tavole, per quell'anno almeno, non ci sarebbero stati i suoi tartufi. Per soddisfazione personale e non per un mero fatto economico, che pure aveva una sua ragione di essere.

Il mestiere di *trifulau*, come chiamano da quelle parti i cercatori di tartufi, era stato nel tempo un sostanzioso complemento al suo lavoro di elettrauto. Per anni era stato in officina a cambiare batterie e sostituire lampadine bruciate e riparare impianti elettrici. Ogni giorno dalle otto del mattino alle sette di sera, in inverno, in primavera, in estate…

Ma in autunno, nella stagione giusta, ogni notte prendeva la macchina e Tabuj, il suo cane, e usciva. Andava nei posti che conosceva solo lui, quelli segreti, esclusivi, quelli che ogni cercatore di tartufi che si rispetti ha sulla sua mappa privata e che frequenta solo con il favore del buio, per evitare di mettere in pratica una bandiera di segnalazione su quello che era in realtà un improprio dominio personale.

Carlin sorrise.

In televisione aveva sentito di un re, non ricordava quale, che diceva che sulle sue terre non tramontava mai il sole. Invece sul suo piccolo regno stagionale il sole non sorgeva mai.

Di colpo il cane che camminava in qualche punto davanti a lui emise un guaito sommesso. Era il segnale. Una specie di codice consolidato nel tempo con cui Tabuj gli segnalava che qualcosa aveva destato il suo interesse. Carlin accese la speranza insieme alla pila e le puntò tutte e due nella direzione da cui era arrivato il verso del cane. Lo vide annusare a terra e accennare con le zampe anteriori il movimento di scavo. Si fermò quasi subito e girò la testa verso di lui, ansioso. Il suo corpo sembrava percorso da una contenuta, elettrica frenesia, mentre Carlin si chinava, lo scostava con garbo e iniziava a scavare con delicatezza nel punto indicato dal cane.

Si rese conto che ancora una volta il fiuto dell'animale non aveva sbagliato. Portò piano piano alla luce un tartufo che, sorretto nel palmo di una mano divenuta nel corso del tempo quasi precisa come una bilancia, gli diede un peso approssimativo di circa mezz'etto.

Non era affatto male.

Con la penuria di quell'anno era un bel pezzo, che alla fine del suo cammino sarebbe arrivato a costare fino a settemila euro al chilo. Avvolse il tartufo in un pezzo della carta che portava sempre con sé e lo mise nella borsa di tela che teneva a tracolla. Tabuj lo guardava fisso, scodinzolando lentamente. Emise un nuovo guaito, questa volta con un significato diverso.

– Va bene, va bene, ho capito.

Mise una mano nella tasca della giacca e la coda del cane accelerò il ritmo. Ebbe un piccolo gesto di impazienza, sollevandosi leggermente sulle zampe posteriori. Ogni volta che Tabuj faceva il suo dovere, Carlin lo premiava con un saporito pezzo di carne cruda. Tirò fuori il boccone e glielo porse, in attesa che lo prendesse delicatamente fra i denti e lo masticasse senza fretta. Lo accarezzò sulla testa. Un cane da tartufi poteva valere una piccola fortuna, e se era bravo come il suo, le dimensioni di quella fortuna aumentavano sensibilmente.

Tuttavia, guadagno a parte, Carlin non si sarebbe mai separato dal suo socio, quel meticcio di mezza taglia che nel tempo gli aveva fatto guadagnare delle discrete somme. Anche in questo caso non c'era solo un fatto economico, di mezzo. Lo aveva addestrato personalmente, con pazienza, giorno dopo giorno, fino a fargli raggiungere il livello attuale. Erano invecchiati insieme e insieme sarebbero rimasti, anche se di colpo quell'ammasso di pelo avesse perso il suo fiuto e non fosse stato piú in grado di guadagnarsi la pagnotta.

Se era vero che l'uomo non vive di solo pane, era altrettanto vero che non vive di soli tartufi...

Spense la torcia con un sospiro e lasciò che il cane si muovesse di nuovo a suo piacimento. Attese che gli occhi si riabituassero alla luminosità di quella notte da quarto abbondante di luna. Alzò la testa verso il cielo e si impresse nello sguardo quella falce luminosa, una delle tante della sua vita. A forza di quarti e di lune nuove, il tempo era passato quasi senza che lui se ne accorgesse.

Adesso, per usare un'espressione che adoperava di solito, *l'era pú nen in fanciot*, non era piú un ragazzino. Si avvicinava il momento in cui avrebbe lasciato la sua piccola officina al figlio. Era un bravo ragazzo e aveva imparato bene il mestiere. Adesso era quasi ora che camminasse con le sue gambe. Carlin si era costruito una discreta pensione e aveva messo da parte un gruzzolo tale da tutelare lui e la moglie da ogni inconveniente. La casa in cui abitavano era di sua proprietà, e aveva un paio di negozi affittati che garantivano un'ulteriore rendita. L'extra rappresentato dal part-time notturno alla ricerca di quello che chiamavano l'oro bianco, oltre che un passatempo, avrebbe potuto garantirgli ancora molte notti di svago e di guadagno, adesso che sua moglie dormiva sempre meglio e lui dormiva sempre meno.

Imboccò un sentiero e si diresse verso una macchia coperta dalle fronde di un gruppo di alberi. Quando la raggiunse, dovette accendere la pila per individuare il sentiero che intendeva imboccare. Un luccichio sulla destra lo incuriosí. Puntò la torcia in quella direzione e nel fascio di luce apparve, seminascosta tra le frasche, una macchina. La luce si rifletteva sul lunotto posteriore. Carlin si affrettò a spegnere la sua fonte di luce. Era un'utilitaria di colore amaranto piuttosto male in arnese, e la sua presenza in quella zona poteva significare solo una cosa. Di certo non era un altro *trifulau*. Difficilmente un collega avrebbe parcheggiato in quella zona. Si sarebbe comportato come lui. Avrebbe lasciato la sua vettura lontano da lí, in una piazzola sulla strada, per non segnalare la sua presenza. Probabilmente era una coppietta che si era appartata in cerca di un'intimità che solo il buio e i vetri appannati di una macchina fornivano a chi non poteva permettersi il conforto di un motel.

Si allontanò cercando di non far rumore, per una serie di motivi abbastanza validi. Il primo era che non ci teneva a passare per un maniaco. Un suo amico cercatore, in una situazione analoga, si era trovato davanti un marcantonio che lo aveva scambiato per un voyeur e lo aveva gonfiato di botte. Tutte le restanti ragioni passavano decisamente in second'ordine rispetto all'eventualità di rientrare a casa con gli occhi pesti.

In quel momento, in qualche punto alla sua sinistra, Tabuj prese ad abbaiare furiosamente.

Strano.

L'abitudine aveva fatto di lui un cane silenzioso, durante la cerca. Il cane aveva intuito, in un modo che Carlin non sapeva spiegarsi, che era meglio non segnalare la loro presenza. L'unico rumore che si permetteva era quel sommesso e buffo guaito quando sentiva un tartufo oltre lo spessore della terra. E, nel tempo, aveva dimostrato di essere del tutto indifferente agli animali selvatici che talvolta incontravano durante il loro girovagare notturno. L'istinto per la caccia non faceva parte del suo bagaglio di talenti.

Si avviò nella direzione del rumore, imponendo con il pulsante della torcia brevi lampi di luce all'oscurità per evitare di infilare il piede in qualche buca.

– *Shhh*. Silenzio!

Indirizzò a mezza voce l'ordine verso il punto da cui provenivano i latrati, ma Tabuj continuò imperterrito la sua cagnoleria forsennata. Quando arrivò nel punto dove si trovava il cane, lo vide sotto un albero, che abbaiava girando su se stesso e interrompeva il movimento solo per rizzarsi ogni tanto sulle zampe posteriori, il muso rivolto in su, quasi che quella piccola acrobazia lo aiutasse a meglio rivolgere il suo nervosismo verso qualcosa che stava sopra di lui.

Carlin puntò la torcia in alto e si sentí svenire. Si appoggiò al tronco della pianta vicina a lui mentre sentiva le gambe farsi molli come se dentro non ci fossero piú le ossa. Una boccata di acido gli salí a impastare e impestare la bocca. Fece fatica a ricacciare indietro quello che restava della sua cena e che stava cercando di risalire le pareti dello stomaco.

Davanti a lui, racchiuso fra la luce della luna e quella della torcia che si contendevano gli spazi tra le fronde, appeso per il collo a una corda legata a un grosso ramo, c'era il corpo di un uomo.

3.

Dove fino a poco prima era buio, adesso era un tripudio di luci. La squadra della polizia che era arrivata sul posto aveva montato dei fari che illuminavano la scena a giorno. Il commissario Marco Capuzzo accese una sigaretta. Si limitò a rimanere al margine dell'area e osservare lo spettacolo pieno di calma e frenesia insieme che di solito animava la scena di una morte violenta.

Per il momento era prematuro definirla la scena di un delitto.

Davanti ai suoi occhi gli uomini della scientifica finirono i rilievi e iniziarono a staccare il corpo dal ramo, rapide ombre inglobate nel controluce violento dei riflettori. Dal suo punto di osservazione il commissario poteva vedere la faccia dell'uomo, che era gonfia e dalla bocca aperta lasciava uscire un accenno di lingua.

Il commissario si rivolse a Lombardo, l'agente che era il suo diretto collaboratore e che gli stava accanto, in piedi, come lui in attesa.

– Chi lo ha trovato?

Lombardo fece un gesto vago con la testa verso un punto alla sua destra.

– Un *trifolao*.

Il commissario sorrise suo malgrado. Nonostante il nome geograficamente indicativo, Lombardo era di origine meridionale, e malgrado gli anni di permanenza al Nord, continuava ad avere un irrisolto conflitto personale con le parole in dialetto piemontese. Non che fosse importante, ma qualche volta, in passato, Lombardo era stato fonte di interpretazioni fonetiche molto divertenti.

– Era in giro con il cane e lo ha trovato qui, in questo modo. Ci ha chiamato subito, con il cellulare. Sembra essere un brav'uomo e per poco non ci restava secco quando si è trovato davanti questo spettacolo. Bussi adesso lo sta interrogando.

Capuzzo indicò il corpo, che era stato deposto su una barella.

– Si sa chi è?

– Non lo abbiamo ancora esaminato. Aspettavamo che la scientifica avesse finito, prima di avvicinarci. Per non contaminare la scena.

Di nuovo Capuzzo sorrise, questa volta con un pizzico di amarezza. Quello era un linguaggio da *Csi*. Troppa televisione per l'agente Lombardo. Tuttavia, il commissario dovette ammettere suo malgrado che talvolta si imparava di piú da una serie di telefilm che alla scuola di polizia.

Spense la sigaretta a metà e infilò il mozzicone nel pacchetto vuoto.

Per non contaminare la scena...

Sospirò.

– Andiamo a vedere chi era questo poveraccio.

Capuzzo indossò un paio di guanti di gomma, e mentre si chinava sul cadavere, ebbe l'impressione di avere già visto il viso di quell'uomo senza vita steso su un piano di tela. La morte ne aveva un poco alterato i lineamenti, ma non tanto da escludere questa sensazione.

Frugò le tasche del giubbotto di pelle e subito dopo proseguí la perquisizione nella tasca interna.

Niente.

– Giratelo su un fianco.

Trovò infine quello che cercava, un portafoglio di pelle scadente che uscí a fatica dalla tasca dei jeans consumati. All'interno c'erano solo un paio di biglietti da dieci euro e una patente sgualcita. Il commissario Capuzzo aprí il documento, mettendolo a favore del faro che aveva alle spalle.

– Annibale Bertolino, – pronunciò a mezza voce, con un accenno di punto interrogativo alla fine della frase.

Quel nome e il viso spiegazzato sulla foto gli dicevano qualcosa. Qualcosa che aveva a che fare col suo lavoro. Non riusciva bene a ricordare, ma se era un pregiudicato non sarebbe stato difficile risalire a chi e perché.

Stava per rialzarsi quando un dettaglio attrasse la sua attenzione. Il colletto della camicia del morto era macchiato di sangue sotto la nuca. Passò una mano fra i capelli e la ritrasse segnata di rosso. Esaminò il cadavere con piú attenzione, e scoprí una lacerazione sul cuoio capelluto, che sembrava provocata da un colpo inferto con un corpo contundente. Alzò la testa a considerare il ramo a cui era appeso il morto fino a poco prima. Era abbastanza difficile che quella lacerazione se la fosse procurata da solo. Penzolava troppo lontano dal tronco, e il tratto di corda era troppo breve per ipotizzare che le oscillazioni lo avessero mandato a sbattere contro il fusto.

Capuzzo si rialzò, tolse i guanti e riaccese il mozzicone di sigaretta che aveva infilato nel pacchetto.

Aspirò una boccata di fumo e rimase un istante sovrappensiero. Se era vero che in ogni poliziotto alberga un istinto animale, il suo in quel momento aveva il naso al vento e fiutava odore di grane.

Lo riscosse la voce di Lombardo, che era rimasto zitto durante tutto il tempo dell'esame del corpo.

– Parcheggiata un poco piú in là c'è una vecchia Polo. Probabilmente è la macchina con cui è arrivato fin qui. Non l'abbiamo ispezionata perché aspettavamo lei.

Il commissario fece un cenno di compiacimento con il capo. – Molto bene. Andiamo a vedere questa macchina. Dopo parliamo con quelli della scientifica per vedere quello che hanno trovato. Impronte sul suolo e tutto il resto.

Mentre si avvicinavano alla macchina, Lombardo si permise un parere, forse autorizzato dal silenzio del commissario.

– Certo che è strano che uno parta da Asti per salire fin qui solo per suicidarsi.

Capuzzo parve riflettere un istante, come fosse indeciso se compromettersi o meno con un giudizio prematuro.

– Non sono del tutto sicuro che questo poveraccio avesse davvero questa gran voglia di morire...

Lasciò la frase in sospeso a uso e consumo di Lombardo.

L'agente si girò verso di lui, un'espressione perplessa sulla faccia scura. Conosceva il commissario da troppo tempo per sapere che difficilmente si lasciava andare ad affermazioni azzardate.

– Che cosa intende dire?

Il commissario lo guardò con un sorriso amaro sulle labbra.

– Secondo me, se mi concedi l'espressione, c'era con lui qualcuno che lo ha suicidato.

4.

Chiuso nel suo ufficio, il commissario Capuzzo stava esaminando con il questore Vanni e con Bertone, il responsabile della scientifica, il risultato sommario delle analisi. Era proprio quest'ultimo, un uomo giovane e tarchiato al quale una calvizie incipiente dava un'aria piú matura, che stava esponendo quanto era emerso dalle loro rilevazioni.

– Da quello che appare dalle prime valutazioni, le impronte al suolo rivelano la presenza di una persona sola. Il terreno era abbastanza morbido, e da un esame sommario sembrano proprio le orme delle scarpe del morto. Partono dalla macchina e arrivano fino all'albero. Non ci sono impronte di nessun tipo in senso inverso, a parte quelle lasciate dal cane e dall'uomo che ha trovato il corpo.

– Nessuna traccia di nessun tipo?

– Nemmeno una.

Il questore si lisciò i baffi brizzolati con le dita. Lanciò uno sguardo non privo d'imbarazzo verso Capuzzo, che se ne stava appoggiato alla sua scrivania, le braccia incrociate e un'espressione impassibile stampata sul viso.

Sentendosi osservato, il commissario si girò e andò alla finestra. Rimase in silenzio a osservare il traffico praticamente inesistente sul corso XXV aprile a quell'ora.

Il questore continuò il suo scambio di informazioni con Bertone.

– Dunque lei dice che l'ipotesi del suicidio resta la piú probabile.

Bertone, dal canto suo, non si fece carico di pareri che andavano oltre le sue competenze.

– Io non dico niente. Riporto semplicemente quello che abbiamo rilevato sulla scena del…

Si interruppe un attimo prima di pronunciare la parola «delitto», che di per sé sarebbe stata espressione di un parere preciso.

– Intorno al cadavere, – concluse evasivo.

– E la ferita alla testa?

– Per avere un parere piú preciso, dovete parlare con il medico legale. Di sicuro l'autopsia chiarirà molte cose. Per quanto riguarda noi, lungo il percorso abbiamo trovato a terra i segni di una scivolata e delle tracce di sangue e capelli su un sasso. Probabilmente il morto è caduto e ha picchiato la testa mentre andava verso l'albero al quale si è impiccato.

– Dunque tutto sembrerebbe abbastanza chiaro. L'ipotesi di un suicidio sembra la piú semplice e dunque anche la piú probabile.

Di solito questo concetto, applicato a una morte violenta, non mancava mai di dimostrare una enorme percentuale di attendibilità.

Il commissario si girò, e per la prima volta da che Bertone era entrato nell'ufficio fece sentire la sua voce.

– Avete misurato quanto erano profonde le impronte sul terreno?

Bertone guardò imbarazzato il questore, quasi cercasse il suo sostegno contro un'accusa ingiusta. Poi rivolse uno sguardo con un accenno di sconcerto verso Capuzzo.

– In che senso, scusi?

Era chiaro che non aveva capito dove il commissario intendesse andare a parare e si stava mettendo sulla difensiva. Capuzzo si staccò dalla finestra e si avvicinò a quello che in quel momento era il suo diretto interlocutore.

– Le stavo solo chiedendo quanto erano profonde le impronte delle scarpe del morto sul suolo.

– Be', questo non glielo so dire. Ma non vedo cosa...

Capuzzo lo interruppe con un gesto della mano.

– C'è un motivo per cui le sto chiedendo questo. Se non fosse per quella ferita alla testa, tutto sarebbe abbastanza chiaro. Ma c'è quel dettaglio che non mi lascia tranquillo, nonostante i segni della scivolata, il sasso macchiato di sangue e tutto il resto. Sembra perfino troppo semplice –. Fece una pausa, poi aggiunse, forse solo per se stesso: – Troppo semplice...

Adesso sia il questore che Bertone lo guardavano in silenzio, in attesa di capire che cosa si agitasse nella testa di quell'uomo che stava parlando e muovendosi per la stanza come se loro non fossero piú presenti.

– Facciamo un'ipotesi, fantasiosa quanto volete. Fantasiosa ma non impossibile. Immaginiamo che quel tipo arrivi sul posto in compagnia di qualcuno, che sta ovviamente seduto in macchina sul sedile del passeggero. Oppure sul sedile di dietro, non ha importanza. Non appena si fermano, con un sasso che si è portato dietro, questo ipotetico passeggero tramortisce il Bertolino, e quando lui non è piú in grado di reagire, gli sfila le scarpe e le indossa. Gli lega una corda intorno al collo, si carica il corpo sulle spalle, lo porta fino all'albero e senza problemi ce lo appende. Bertolino era di corporatura piuttosto esile, e per un uomo robusto non sarebbe stata un'impresa impossibile. Poi, camminando al contrario sulle sue impronte, il tipo torna alla macchina e prende due pezzi di cartone o qualcosa di simile. Appoggiandoli a terra, ha modo di muoversi a suo piacimento senza lasciare impronte. Inscena la storia della scivolata e appoggia a terra il sasso con cui ha colpito la sua vittima. Con la stessa modalità torna all'albero e rimette addosso al morto le scarpe che gli aveva tolto. Con la stessa modalità si allontana e di lui non resta nessuna traccia.

Capuzzo finalmente rialzò lo sguardo verso il suo pubblico, come se solo in quel momento si fosse ricordato di averne uno. Puntò gli occhi a sorprendere l'espressione attonita di Bertone.

– Secondo lei tutto questo sarebbe possibile? – disse.

– Be', in teoria, sí. Però...

Il commissario lo interruppe di nuovo. Calmo e senza traccia di autorità, ma fermo nella sua posizione.

– Bene. Se questo è possibile, le chiedo di controllare se le impronte lasciate dalle scarpe della vittima corrispondono in profondità a quelle lasciate da un uomo del suo peso, o se invece possiamo ipotizzare che siano state lasciate da un uomo che ne portava un altro sulle spalle. È troppo?

Per un attimo il povero Bertone si trovò dipinta in faccia l'espressione di uno che si ritrova nudo la domenica all'uscita della messa di mezzogiorno. Poi preferí sostituire questa espressione con quella di leggera condiscendenza di chi sa di parlare con un pazzo.

– Va bene. Controlleremo.

Senza attendere oltre, il responsabile della scientifica salutò i presenti e lasciò l'ufficio. Sapeva che in quella stanza qualcuno aveva appena fatto la figura dello scemo. E in ogni caso non voleva essere lí quando fosse stato chiaro chi.

Non appena la porta si fu chiusa alle sue spalle, rimase nell'aria quell'attimo di silenzio che precede sempre momenti significativi. Poi il questore Arnaldo Vanni fissò negli occhi il commissario Marco Capuzzo.

– Mentre la ascoltavo, mi è successo di pensare una cosa.

Capuzzo attese in silenzio di sentire il seguito.

– Io sospetto che lei sia una persona inadeguata a ricoprire il ruolo che ricopre.

Ancora Capuzzo rimase in silenzio, semplicemente colorando il suo sguardo con un accento di interesse.

Il questore proseguí dritto per la sua strada.

– Se quello che ha appena ipotizzato corrisponde al vero, non è giusto che lei sia un semplice commissario. Meriterebbe molto di piú. Nel caso in cui fosse una pura fantasia, anche in questo caso il ruolo di commissario le andrebbe stretto…

Arnaldo Vanni, questore di Asti, fece una pausa a effetto. Era un uomo di mondo e sapeva bene come tenere desta l'attenzione dei suoi interlocutori.

– Lei potrebbe avere tutto il riscontro che merita come sceneggiatore.

Capuzzo non ebbe necessità di abbozzare una risposta adeguata. Qualcuno bussò alla porta, e subito dopo la figura di Lombardo fece il suo ingresso nella stanza. Rimase sorpreso dalla presenza del questore. Si fermò di fianco alla porta aperta, interdetto, una cartellina gialla in mano.

– Scusate, io non…

– Non fa niente, Lombardo. Che c'è?

– Ho qui l'estratto di quell'Annibale Bertolino. Ha dei precedenti penali.

Capuzzo fece un cenno con la mano all'agente.

– Fammi vedere.

L'agente attraversò la stanza e tese al commissario quello che teneva in mano. Capuzzo aprí la cartellina e scorse brevemente il contenuto. Poi ne estrasse un foglio e lo lesse con particolare attenzione.

– Ecco perché mi sembrava di conoscerlo.

– Cosa intende dire?

Capuzzo sollevò gli occhi sul questore. Lo guardò ma si capiva che con la mente era già da un'altra parte.

– Intendo dire che oltre al fatto delle impronte, c'è un'altra cosa curiosa da notare a proposito di questo Bertolino.

Senza volerlo o no, la sua pausa fu molto piú efficace di quella del questore di poco prima.

– Non riguarda tanto come è morto, ma dove è morto.

5.

Il dottor Mario Savelli fissava dalla finestra del balcone la piccola piazza sotto casa sua. Piazza Medici era di certo uno dei piú begli angoli del centro storico di Asti. Tutte le case erano omogenee come epoca, ristrutturate nel modo giusto per mantenerle tali. Niente era fuori posto. Alla sua destra c'era una torre in mattoni rossi costruita a cavallo fra il XII e il XIV secolo, che conferiva un aspetto importante a tutto l'insieme. C'era stato un tempo in cui si era affacciato a quel balcone in compagnia di sua moglie e di suo figlio, e insieme avevano guardato e amato quel piccolo panorama inscritto fra mura che confinavano in alto con i tetti della città.

Poi sua moglie se l'era portata via il cancro, e suo figlio...

Lasciò la finestra, che metteva in comunicazione il balcone con un salotto che era nello stesso tempo biblioteca e stanza della televisione. Si trasferí nella camera comunicante, un salone molto piú ampio nel quale il protagonista assoluto era un lucido pianoforte Steinway nero a coda. Scostò lo sgabello e si sedette. Attese un attimo prima di aprire il coperchio che racchiudeva i tasti come uno scrigno. A Savelli piaceva quell'immagine. L'avorio e il nero come gemme da cui scaturiva, a capacità e comando, quel grande dono per gli uomini che era la musica.

Quando era giovane aveva fatto parte di una band, un complesso, come li chiamavano allora. Poi aveva abbandonato senza rimpianti la carriera di musicista per quella piú solida di bancario. Sapeva di non avere il talento necessario per superare i confini dell'ambito locale, ma la sua passione, senza frustrazione alcuna, era rimasta. Quando ne aveva avuto la possibilità si era comperato quel pianoforte come omaggio a una carriera mai stata, e suonava per chi aveva voglia di ascoltarlo oppure solo per se stesso.

Proprio come ora.

Fece una scala ascendente, come per verificare l'accordatura. Sistemò lo spartito di *Rapsodia in blu* sul supporto davanti a lui. Aveva appena appoggiato le mani alla tastiera quando sentí squillare il campanello.

Precedette la donna di servizio e andò ad aprire di persona. Ancora uno squillo. Era un suono banale, normale, di tutti i giorni. Ma, quando nel riquadro della porta trovò la figura atletica del commissario Capuzzo, si rese conto subito che quello non sarebbe stato un giorno come tutti gli altri.

– Buongiorno, dottor Savelli.

– Buongiorno, commissario.

C'era fra di loro il silenzio di parole non dette, nascoste in mezzo al clamore di tutte quelle che a suo tempo erano stati costretti a dire.

– Avrei bisogno di parlarle un attimo. Posso entrare?

– Certo.

Savelli si fece di lato. Il commissario entrò e si diede uno sguardo in giro. La casa era come la ricordava, quella in cui era entrato una volta in circostanze molto dolorose. Bella, solida, luminosa. Arredata con il calore che solo l'agiatezza e il buon gusto uniti all'amore potevano realizzare. Si tolse il giaccone e Savelli lo appese all'attaccapanni di fronte all'ingresso. Poi Capuzzo seguí il padrone di casa per il corridoio fino al salotto, dove era stato in momenti che tutti e due avrebbero preferito dimenticare. Il suo ospite si sedette su una poltrona di cuoio di spalle alla finestra. Indicò a Capuzzo quella di fronte a lui.

– Si accomodi pure, prego.

Il commissario si sedette e non ritenne opportuno perdersi in preamboli. Sapeva che tipo di persona aveva di fronte e non li ritenne necessari.

– Annibale Bertolino è morto.

Si trovò suo malgrado a scandire piú del dovuto le parole. E a spiare piú di quanto avesse voluto dimostrare la reazione dell'altro.

Savelli rimase impassibile. Come fosse una notizia vecchia non di ore o di giorni, ma di anni.

– Lo so. L'ho sentito al notiziario.

Fece una pausa, quasi fosse dubbioso se aggiungere o no qualcosa. Poi decise che la risposta alla sua domanda interiore era sí.

– Non posso dire che mi dispiaccia.

Il commissario rimase in silenzio. Anche se il dottore non lo avesse precisato, era certo che lo stato d'animo sarebbe stato quello.

– Come è morto?

– Un cercatore di tartufi lo ha trovato impiccato a un albero.

– Suicidio?

– Sembrerebbe di sí. Non ne siamo del tutto certi.

Capuzzo lasciò a Savelli il tempo di fare le sue considerazioni. Di realizzare a suo gusto e piacere che in entrambi i casi era intervenuta una specie di giustizia, umana o divina che fosse.

– Ha sofferto?

– Non lo so.

– Se non ha sofferto mi dispiace. Se ha sofferto mi dispiace che non abbia sofferto di piú.

Capuzzo lasciò cadere nel nulla quell'epitaffio spietato. Ne aveva sentiti altri, nel corso della sua carriera. Erano voci di persone che nonostante il tempo trascorso mai avrebbero perso una nota di dolore, vittime della memoria oltre che della violenza e delle circostanze.

Cambiò tono e argomento.

– Non ho ritenuto opportuno convocarla in questura, ma questo incontro fra noi due in qualche posto ci doveva essere. Credo che lei mi capisca.

Mario Savelli fece un cenno impercettibile con il capo. Aggiunse parole che non servivano.

– Certo che la capisco.

– Dunque penso che non sia un problema, per lei, dirmi dov'era ieri sera, diciamo dalle nove a mezzanotte.

– Nessun problema, infatti. Vuole un caffè?

Il commissario non prese quella domanda come un diversivo, un momento lasso per allontanare il momento di dare una risposta. Lo prese come il piccolo realizzarsi di un desiderio. Aveva davvero voglia di un caffè.

– Certo.

Una filippina si materializzò sulla porta, come evocata dalla semplice parola «caffè».

– Ghita, ci fa due espressi, per favore?

Come per un tacito accordo, rimasero in silenzio, ognuno immerso nei propri pensieri, fino all'arrivo della cameriera che portava un vassoio con due tazzine. Lo appoggiò davanti a loro e se ne andò, in silenzio, scivolando senza rumore sulle scarpe di stoffa che portava ai piedi.

Quando il commissario sollevò la sua tazzina, il dottor Savelli finalmente rispose.

– La mia giornata di ieri è stata estremamente semplice. Sono arrivato da Torino con il treno nel tardo pomeriggio. Azzarderei verso sera. Dall'ultima volta che ci siamo visti un po' di cose sono cambiate. Adesso dicono che sono diventato un dirigente piuttosto importante del mio istituto e lavoro a Torino.

Capuzzo capí che non c'era vanità in quelle parole. Solo una traccia di amara autoironia, per nascondere il disagio di chi riteneva di aver perso tutto quello per cui valeva la pena di vivere. E si era tuffato nel lavoro per illudersi di avere ancora uno scopo nella vita.

– Non me la sono sentita di trasferirmi. Ho scelto di fare il pendolare. La mia vita, i miei amici, i miei affetti sono tutti qui.

Non disse: «Mia moglie e mio figlio sono sepolti qui», ma il commissario ebbe la netta impressione di riuscire a leggere quelle parole nella mente dell'uomo seduto di fronte a lui. Che continuò tranquillo nel resoconto di quella che tutti e due sapevano benissimo essere l'esposizione di un alibi.

– Sono arrivato a casa e mi sono fatto una doccia, poi ho suonato il pianoforte per una mezz'ora, come faccio tutte le sere.

Savelli indicò con un gesto della mano lo strumento che si intravvedeva dalla porta. Il commissario ricordava di averlo notato già all'epoca della sua visita precedente. La musica doveva essere un'autentica passione per quell'uomo, un tempo forse motivo di aggregazione familiare, adesso rifugio certo dalla solitudine.

– Alle otto e mezzo sono uscito e sono stato dalle nove meno un quarto fino a mezzanotte passata a una riunione del Comitato Palio di san Silvestro. Quando abbiamo finito siamo andati dal *Francese* a mangiare una pizza. Abbiamo tirato tardi perché ci siamo messi ad assaggiare del vino che ci ha proposto, e se devo essere onesto, quando sono arrivato a casa non ero del tutto presente a me stesso. Ma non al punto da non ricordare che non ho ucciso Annibale Bertolino.

Savelli si concesse finalmente il tempo per bere il suo caffè. Pronunciò il suo commento un istante prima di portare la tazzina alle labbra.

– Anche se avrei tanto voluto essere io a farlo.

Capuzzo sapeva che Mario Savelli era un uomo solo. E adesso che, in un modo o nell'altro, giustizia era fatta, forse lo sarebbe stato ancora di piú.

– Commissario, io la capisco. Capisco il motivo per cui è venuto da me, intendo dire. Io avevo un movente piú che valido per appendere quel farabutto a un albero non una, ma cento volte.

Fece una pausa, quel tanto che bastava per lasciar passare le nubi. Probabilmente aveva seguito quel pensiero come un'intenzione molto piú concreta, diverse volte in passato.

Savelli si riscosse e appoggiò la tazzina sul vassoio con un leggero tintinnio di porcellana. Si rilassò contro lo schienale della poltrona. Tornò a fissare negli occhi il poliziotto col quale ora stava parlando come si fa con un amico.

– Vede, dottor Capuzzo, io sono sempre stato un garantista, un convinto assertore del principio che sia meglio un colpevole in libertà piuttosto che un innocente in galera. Adesso però siamo scivolati a poco a poco nel teatro dell'assurdo. Tutti sono talmente preoccupati che nessuno tocchi Caino, da dimenticare una cosa importante.

Un'altra pausa. Fredda come una lapide.

– La giustizia per Abele.

Il commissario si guardò un attimo le mani, prima di rispondere.

– A questo proposito, c'è uno strano dettaglio che forse il notiziario non ha precisato. Non so se sia stato un caso oppure no, però Annibale Bertolino è stato trovato impiccato a poche centinaia di metri dalla curva in cui quattro anni fa è morto suo figlio.

Capuzzo non ne sarebbe mai stato certo del tutto, ma per un attimo ebbe la netta impressione di veder passare negli occhi dell'altro il fugace riflesso di un sorriso.

6.

Il commissario si ritrovò in piazza Medici con un poco di confusione in testa. Che era la confusione che ogni volta affollava i pensieri di un poliziotto impegnato nella rincorsa a un'intuizione sfuggente.

La sera prima, rileggendo il fascicolo dedicato ad Annibale Bertolino, era saltata fuori una vecchia storia, quella che lo aveva portato al colloquio appena concluso. Quel discutibile individuo era sempre stato un delinquente di piccolo cabotaggio, una figura piú squallida che criminale. Tutta robetta da condizionale, piccoli furti, segnalazioni per molestie a donne che non ne volevano sapere di lui e delle sue pressanti attenzioni. E a giudicare dal suo aspetto fisico, nessuno avrebbe dato loro torto. Un personaggio, insomma, molto piú adatto a un'attenta osservazione psichiatrica che non alla detenzione in un istituto di pena. Infatti non era mai stato condannato a niente di pesante, fino a che aveva deciso di tentare il grande salto, di fare il suo ingresso dalla porta principale fra i delinquenti veri.

Quasi quattro anni prima, con due complici raffazzonati in un contesto di disperati come lui, aveva tentato una rapina nell'ufficio postale di un paese nelle vicinanze di Asti. Stavano fuggendo dopo aver arraffato pochi spiccioli, e dopo qualche chilometro, per colpa della velocità, all'ingresso di una curva l'autista aveva perso il controllo della macchina. E aveva colpito in pieno un'auto che proveniva in senso opposto.

Il guidatore dell'altra auto era morto sul colpo. Aveva vent'anni e si chiamava Paolo Savelli. Il figlio dell'uomo con cui aveva appena finito di parlare.

Quella morte aveva suscitato parecchio scalpore perché il ragazzo, geniale studente di Fisica, era una promessa del mondo della scienza e della cultura non solo nazionale. Bertolino aveva usufruito del rito abbreviato, e il suo avvocato, grazie al patteggiamento e all'indulto, era riuscito a fargli scontare poco meno di tre anni.

Il commissario una volta ancora fu costretto a constatare l'incredibile ironia della vita. C'erano tutte le probabilità che quel tipo, se fosse stato ancora in galera, adesso sarebbe stato ancora vivo. Da quello, il suo pensiero tornò all'uomo che aveva appena lasciato. Non sapeva se Mario Savelli fosse credente o meno. In caso negativo, se anche non era convinto che le vie del Signore sono infinite, di certo stava pensando che a volte riescono a essere infinitamente tortuose.

Accese una sigaretta e si mosse per attraversare la piazza. Lombardo aveva parcheggiato la macchina della polizia dalla parte opposta, di fronte a un bar all'ombra della torre che sovrastava la piazza.

Il cellulare in un posto chissà dove del giaccone squillò. Dopo averlo cercato piú volte nella tasca sbagliata, finalmente riuscí a trovarlo e portarselo all'orecchio.

– Pronto?

Dall'altra parte emerse la voce del responsabile della scientifica. Tutti la chiamavano cosí, anche se la questura di Asti non aveva attrezzature adeguate per analisi troppo sofisticate, per le quali doveva appoggiarsi altrove.

– Commissario Capuzzo?

– Sí.

– Sono Bertone. Abbiamo fatto le valutazioni che ha chiesto e credo che la sua ipotesi sia piú che plausibile.

– In che senso?

– Nel senso che la profondità delle impronte è eccessiva per un uomo di quel peso. Stiamo verificando ancora i dati e non posso essere piú preciso di cosí, ma penso che lei abbia visto giusto.

C'era sufficiente imbarazzo in quella voce da essere di per sé sinonimo di espiazione. Il commissario non ritenne opportuno infierire.

– Va bene. Mi faccia sapere appena possibile.

Ebbe l'impressione che Bertone stesse ponendo fine a quella conversazione con un certo sollievo.

– Sarà fatto.

Con un sorriso interiore non privo di soddisfazione, il commissario Capuzzo rimise il telefono in tasca. Ripensò alle parole del questore. Visto che a quel punto non era necessario ipotizzare una carriera da sceneggiatore, era curioso di scoprire quello che la vita e gli uomini gli avrebbero proposto come alternativa.

Se, come sembrava, la sua ipotesi non era campata in aria, c'era un altro uomo in macchina con Annibale Bertolino, la sera prima. Un uomo forte a sufficienza per portarlo sulle spalle dalla macchina all'albero. Quell'uomo non poteva di certo essere Savelli, che non aveva il fisico per compiere un'impresa di quel genere. Era un uomo piuttosto magro, dall'aria delicata e la pelle chiara, con dita sottili che davano l'idea di potersi spezzare da un momento all'altro. Molto piú adatte a scorrere sulla tastiera di un pianoforte che non a legare una corda intorno al collo di un uomo. E inoltre non poteva di certo definirsi nel fiore degli anni.

Capuzzo non ce lo vedeva proprio portare a termine una fatica di quel genere.

Certo, poteva aver assoldato un sicario che lo facesse al posto suo. Ma quella era gente del mestiere, professionisti, uomini senza scrupoli e senza finezze. Massimo risultato col minimo sforzo. Arrivavano, un colpo alla testa e via, senza nessuna concessione a una creatività che non possedevano. E poi l'esperienza gli aveva insegnato che quando le persone normali si mescolano con certi individui, si muovono talmente male da lasciare tracce piú evidenti delle scie di un aereo nel cielo. Avrebbero indagato sul conto di Savelli in quella direzione, ma pur senza un valido motivo a suffragare questa ipotesi, Capuzzo era sicuro che non ne sarebbe venuto fuori niente.

Raggiunse Lombardo, che vedendolo avvicinare aveva aperto la portiera e si era seduto al volante. Attese che si fosse accomodato sul sedile di fianco prima di parlare.

– Ho appena parlato con Bussi. Ci sono novità.

– Che tipo di novità?

– Hanno perquisito la casa del Bradipo.

– Di chi?

– Di quel Bertolino. Un amico ci ha detto che in galera lo chiamavano cosí.

Ripensando a quei lineamenti, al mento sfuggente e agli occhi sporgenti, Capuzzo decise che chi gli aveva affibbiato quel soprannome doveva essere uno che quanto a senso dell'umorismo sapeva il fatto suo.

Evidentemente Lombardo era refrattario a quel tipo di considerazioni. Proseguí la sua esposizione dei fatti.

– Hanno trovato dell'hashish e dell'eroina, nascosti in un scatola impermeabile nello sciacquone del cesso.

– Il nostro amico aveva deciso di entrare nel giro grosso.

– Sembrerebbe.

– Bene. E mi sa che per trovare chi lo ha fatto fuori, dobbiamo cercare in quella direzione.

Senza fretta…

Il commissario aggiunse mentalmente questa postilla a proprio uso e consumo.

Mentre la macchina faceva il giro intorno al monumento posto al centro della piazza, intanto che si allacciava la cintura di sicurezza, Capuzzo alzò lo sguardo verso il balcone dell'appartamento di Savelli. Gli parve di vederlo dietro i vetri, in piedi, a osservare l'auto che se ne andava. Poi il riflesso del sole fece della finestra una macchia luminosa, e il commissario si chiese se non fosse stata solo una sua impressione.

Si trovò a pensare che, senza andare a scomodare il Signore, ogni tanto la vita chiude i suoi conti in modo inspiegabile. Nel caso del dottor Mario Savelli e di suo figlio Paolo, morto senza colpa alcuna salvo l'essere nel posto sbagliato al momento sbagliato, quello che era stato fatto era reso.

Abele aveva avuto la sua giustizia.

7.

Mario Savelli osservò dall'alto la macchina della polizia che lasciava la piazza, poi si allontanò dalla finestra. Quell'uomo, il commissario Capuzzo, gli piaceva. Era un poliziotto, ma era anche un essere umano. Lo aveva capito all'epoca del loro primo incontro, quando era arrivato nella sua casa e aveva saputo da lui che suo figlio Paolo era morto. Quella buona impressione gli era stata confermata da quanto era appena avvenuto.

Di certo amava il suo lavoro ma non ne era posseduto. Era un uomo giusto e sensibile. Savelli sapeva bene quanto ce ne fosse bisogno nel momento che quello schifo di mondo stava vivendo.

– Allora io vado, dottore.

La voce di Ghita lo sorprese alle spalle. Si girò e la vide in piedi in mezzo al corridoio, davanti alla porta della cucina. Indossava il cappotto e un foulard, pronta per uscire.

– Certo. Ci vediamo domani.

La donna di servizio gli aveva chiesto il pomeriggio libero per andare a trovare una sua connazionale che era in visita da parenti ad Alessandria, tutti immigrati in Italia dove avevano trovato lavoro e dove stavano cercando di costruirsi una vita.

Glielo aveva concesso senza problemi. Era sabato, e l'idea di essere solo in casa era un pensiero piacevole.

– Le ho lasciato il cibo in frigo. Se decide di cenare a casa basta che lo faccia scaldare. Buonasera, dottore.

Era una donna non piú giovane ma aveva il sorriso timido di una ragazzina. Stava con lui da diversi anni, e Savelli non aveva mai avuto modo di pentirsi di averla assunta. La seguí con lo sguardo mentre raggiungeva la porta in fondo al corridoio, l'apriva e lasciava l'appartamento. Attese il rumore dell'ascensore che raggiungeva il pianerottolo, e solo quando lo sentí ripartire si mosse verso lo studio.

Non c'era nessun motivo per essere sollevato da quell'essere temporaneamente il padrone assoluto della sua casa. Ghita era una presenza invisibile e discreta, e del resto gli sarebbe bastato chiudersi a chiave nel suo studio per avere la privacy di cui sentiva il bisogno.

Tuttavia, quello era un giorno particolare.

Un'insolita circostanza per un avvenimento altrettanto insolito.

Raggiunse la stanza che parecchi anni prima aveva eletto a suo dominio personale, prima che le esigenze di Paolo crescessero al punto da doverlo dividere con lui. Da quel momento era diventato il «loro» studio, qualcosa che li univa oltre l'affetto, la consanguineità e la coabitazione. Un posto in cui trovare l'uno la traccia dell'altro, nel momento in cui uno dei due lo occupava.

Adesso era di nuovo il suo studio personale. Mario Savelli aveva sempre pensato che questo sarebbe successo un giorno, quando suo figlio si fosse sposato o fosse andato fuori casa per costruirsene una sua. Ma quella stanza era tornata di sua esclusiva proprietà nel modo peggiore. E lo aveva pagato con giorni di lacrime e notti con gli occhi spalancati nel buio, in attesa di un sonno che non voleva arrivare.

Si diresse deciso verso un quadro che raffigurava una natura morta, appeso alla parte di fronte alla porta. Lo fece scorrere su dei cardini laterali e rivelò la cassaforte che nascondeva.

Ci avevano riso, all'epoca, con sua moglie. Avevano scherzato per giorni sulla banalità di mascherare la cassaforte con un quadro. Avevano trascorso ore a percorrere diverse alternative, ma nonostante tutto, alla fine, non erano riusciti a trovare una soluzione migliore.

E il quadro era rimasto.

Mentre componeva la combinazione, aveva il viso di Lorenza davanti agli occhi. Il suo viso sorridente di ragazza e il suo viso sfatto di donna ammalata. Quanta pena aveva provato, seguendola giorno dopo giorno durante l'avanzare del tumore che se l'era letteralmente divorata in sei mesi. E quanta invidia aveva provato dopo per lei.

Per lei che aveva avuto la fortuna di andarsene senza dover subire l'onta di sopravvivere a suo figlio...

Aprí lo sportello della cassaforte e ne estrasse una scatola di tela cerata scura. Andò ad appoggiarla sul piano della scrivania e si sedette. Accese la lampada da tavolo, e quando sollevò il coperchio si trovò sotto gli occhi un oggetto avvolto in un panno beige. Lo estrasse, spostò la scatola e depose l'involto sul piano di cuoio davanti a lui.

Lo aprí con delicatezza ed espose alla luce il contenuto. Rimase un attimo a fissare, come se lo vedesse per la prima volta, uno splendido esemplare di Luger, la pistola in dotazione agli ufficiali tedeschi durante la Seconda guerra mondiale.

Era appartenuta a suo padre, il quale non gli aveva mai rivelato come e in che circostanza l'avesse avuta. Gliel'aveva mostrata quando era stato abbastanza grande per capire la sinistra importanza di quell'oggetto. Mario sapeva che non era denunciata, che era una pistola detenuta in modo doppiamente abusivo, in quanto si trattava di un'arma da guerra. Tuttavia era rimasta in casa, un piccolo segreto da dividere fra padre e figlio, unica incursione nell'illegalità di una famiglia dall'onestà adamantina.

Suo padre gli aveva insegnato a smontarla e rimontarla, gli aveva spiegato il modo giusto per oliarla e mantenerla in perfetta efficienza. E in tutti quegli anni aveva continuato a farlo, piú per tradizione che per necessità. E avrebbe insegnato a farlo pure a suo figlio Paolo, se non fosse successo ciò che era successo. Non sapeva quando quella pistola avesse sparato per l'ultima volta. Ma adesso stava per farlo di nuovo, e Mario Savelli era certo che non lo avrebbe tradito.

Cominciò con calma e con destrezza a smontare la Luger. Le mani si muovevano da sole, guidate dai fili dell'esperienza. Ebbe il tempo per ripercorrere, nella memoria, tutta quella strana storia, dall'inizio sino a quella che sarebbe stata la sua prossima fine.

8.

Era iniziata due anni prima.

Era arrivato a Capri per un importante congresso di istituti di credito. Molto fumo negli occhi ma, in definitiva, le solite cose. Seminari di formazione per giovani quadri e dirigenti, relatori importanti su questo o quell'argomento, posizionamento su nuovi e vecchi mercati, indicazione di nuove e vecchie strategie.

E solo l'ultimo giorno una riunione fra dirigenti europei di alto livello, per uno di quegli accordi interbancari estremamente riservati, di quelli che si tengono a porte chiuse, di cui il pubblico non è a conoscenza, ma che determinano il futuro di una parte dell'economia, quella legata all'erogazione e al costo del denaro.

Savelli c'era andato a titolo di promozione, il suo primo vero incarico di prestigio, il suo ingresso ufficiale nel mondo dell'alta finanza. Poi quella Torre di Babele aveva ritrovato il linguaggio comune del cibo e delle bevande, e tutti si erano riuniti per il tradizionale ricevimento di fine lavori, nei saloni di uno dei piú importanti hotel dell'isola. Cinque stelle lusso, centro congressi abbastanza ampio da accogliere tutti, splendida vista sul mare. Ma nessuna stanza era abbastanza lussuosa da far dimenticare che si trattava pur sempre di una camera d'albergo.

E che lui la stava occupando da solo.

Mario Savelli era uscito dal salone e si era avviato all'esterno. Poteva condividere tutto quello che concerneva il lavoro, ma da sempre nutriva una specie di idiosincrasia per l'allegria forzata, per quella che chiamava dentro di sé «la sindrome di Capodanno», la condanna alla festa comandata.

Aveva costeggiato la piscina e si era appoggiato al parapetto che la delimitava, soggiogato dall'eterno spettacolo della luna piena sul mare.

Il rumore di un accendino, la luce della fiamma e il fumo di una sigaretta erano diventati il segnale di una presenza al suo fianco. L'uomo si era appoggiato al parapetto a un paio di metri da lui, la brace della sigaretta rossa che interrompeva a tratti quella argentata della luna.

Rimasero fermi per un poco senza parlare, come soggiogati dal panorama. Poi l'uomo aveva rotto il silenzio con voce quasi sommessa, quasi fosse stato timoroso che un tono troppo alto avesse potuto far svanire quell'incanto.

– Bello, vero?

– Bellissimo.

L'uomo si era avvicinato e aveva teso la mano. Ponendosi quasi di spalle rispetto alla balaustra, il suo viso si era nascosto nell'ombra.

– Piacere di conoscerla. Mi chiamo Alberto Medori.

Savelli aveva teso la mano a sua volta.

– Piacere mio. Io sono...

– Il dottor Mario Savelli, – aveva concluso per

lui quell'altro. – So chi è, la conosco bene –. Si era girato di nuovo verso il mare, e il suo profilo era tornato d'argento. – E non solo per le sue doti professionali. Questo è, tutto sommato, un ambiente piccolo. I successi, come gli insuccessi, sono sulla bocca di tutti. E a quanto pare, di questi ultimi lei ne ha avuti ben pochi.

Savelli aveva osservato meglio quell'uomo robusto, piú alto di lui, dai lineamenti leggermente rozzi sottolineati come un tratto di penna dalla luce lunare. Aveva continuato a parlare dandogli la strana impressione che quel discorso se lo fosse preparato a lungo.

– Lei e io abbiamo qualcosa di tragico in comune, dottor Savelli. Qualcosa che in modo ugualmente tragico ci tiene le mani legate. E se lei è d'accordo, possiamo sciogliercele a vicenda. E trovare un poco di pace. Se può dedicarmi qualche minuto, le spiegherò a cosa mi riferisco…

9.

Mario Savelli finí di rimontare la pistola. L'aveva pulita per l'ennesima volta da una polvere inesistente, aveva eliminato l'eccesso di olio, aveva controllato lo scatto dell'otturatore, aveva inserito le cartucce nel caricatore. Poi l'aveva infilato nel calcio e l'aveva sentito entrare nel suo alloggiamento con un rumore secco, metallico. Quella era la voce della pistola, era un modo impersonale e meccanico da parte dell'arma per confermargli: «Sono pronta».

Riavvolse la Luger nel panno, la ripose nella scatola e tornò a richiuderla nella cassaforte.

Quella sera di due anni prima, quando si era seduto con Alberto Medori a un tavolo illuminato e aveva avuto modo di vederlo bene in viso, lo aveva riconosciuto immediatamente. Appena l'anno precedente era apparso diverse volte nei servizi dei vari telegiornali, protagonista suo malgrado di un drammatico fatto di cronaca. Era stato per un certo tempo un viso popolare, piú volte ospite in parecchi talk show come simbolo di una giustizia che non arrivava a compiersi pienamente. Poi, piano piano, era stato nascosto dai media in quel limbo dove un poco alla volta tutto diventa nulla.

La vicenda che lo aveva portato alla notorietà era tragicamente simile a quella di Savelli.

A Salerno, dove viveva, sua madre e sua figlia di otto anni erano stati falciati e uccisi da un pirata della strada. La storia era di una derisoria, agghiacciante banalità. L'uomo si era messo alla guida della sua auto dopo aver abbondantemente bevuto ed essersi fatto un certo numero di spinelli in compagnia di amici. Aveva investito quelle due persone che camminavano sul ciglio della strada, e preso dal panico era fuggito.

Dopo una breve indagine, era stato individuato e arrestato. Dopodiché, il succedersi degli eventi era stato molto simile a quello che aveva accompagnato il percorso giudiziario di Annibale Bertolino. In sostanza se la sarebbe cavata con poco. Savelli ricordava perfettamente l'espressione sul viso di Medori.

– Ci sono cose che arrivano e passano, perché siamo uomini e riusciamo a dimenticare. Ce ne sono altre che non passano mai. Per lo stesso motivo. Perché siamo uomini e non le vogliamo dimenticare.

Mario Savelli si era accorto in quel momento che anche per lui era la stessa cosa. Nonostante il tempo trascorso, il dolore e la rabbia non erano passati. Il dolore veniva mascherato gettandosi a capofitto nel lavoro. La rabbia era un carburante senza fine che faceva andare avanti tutti i giorni, piú del cibo che si mangiava e dell'acqua che si beveva.

Alberto Medori lo aveva guardato negli occhi mentre pronunciava le parole che li avrebbero legati per sempre.

– Conosco la sua storia, dottor Savelli. So che lei è una persona perbene. E anch'io lo sono. Tuttavia, ci sono casi in cui questo può e deve passare in second'ordine, rispetto all'enormità di due vite sconvolte senza corrispettivo. So che nessun atto di giustizia potrà restituirmi mia madre e mia figlia. Come a lei nulla potrà restituire suo figlio. Ma potrebbe essere un sollievo sapere che tutto si è svolto secondo le regole che dividono gli innocenti dai colpevoli.

Aveva fatto una pausa. Poi aveva continuato col suo leggero accenno di cadenza meridionale. Aveva gli occhi pieni di lacrime.

– E io, se non riesco ad avere giustizia, sono disposto ad accontentarmi della vendetta.

Il silenzio era caduto per un attimo su di loro con lo stesso effetto della luce lunare. Poi avevano parlato tutta la notte e alla fine avevano stretto un patto. Savelli si era stupito della propria disponibilità, come se quell'incontro avesse tolto di colpo una coperta troppo corta rivelando il suo sonno inquieto. Si era stupito della serenità con cui aveva trovato tutto naturale, come poco prima aveva trovato naturale infilare un caricatore pieno di proiettili nel calcio di una vecchia pistola.

Da allora, con Alberto Medori non si erano piú visti o sentiti. Le uniche comunicazioni avvenivano in un modo antico, a mezzo lettere scritte a mano e distrutte subito dopo essere state lette. Niente e-mail, niente cellulari, niente computer: tutte cose che lasciavano tracce evidenti, come le scie delle lumache.

Avevano preparato ogni cosa con attenzione, e quando Savelli aveva saputo della morte di Annibale Bertolino, aveva capito che quell'altro aveva mantenuto la sua promessa, la sua parte dell'impegno. Sapeva che era arrivato ad Asti in treno e che in treno era ripartito senza alloggiare in nessun albergo e senza prendere nessun taxi. Di certo si era spostato utilizzando i mezzi pubblici, un viso anonimo fra tanti altri. Era arrivato ed era ripartito nello stesso modo, lasciando dietro di sé la vendetta dopo aver cercato invano di trovare giustizia.

Esattamente quello che avrebbe fatto lui, una volta arrivato a Salerno.

Delitto per delitto, si disse.

Come aveva insegnato loro Hitchcock e la comune passione per il cinema. Se a volte la realtà diventava un film, questa volta un film sarebbe diventato realtà...

Uscí dallo studio e attraversò la casa invasa dal sole di quell'autunno stranamente caldo. La luminosità era uno dei motivi per cui sua moglie e lui avevano scelto quell'appartamento. Ricordava con una stretta al cuore che Lorenza lo aveva definito, citando Quasimodo, «trafitto da un raggio di sole».

Senza immaginare che sarebbe stato subito sera.

Tornò alla portafinestra, la aprí e uscí sul balcone. Si trovò di nuovo a osservare i movimenti delle auto e della gente sulla piazza. Erano persone che affrontavano le loro vite di tutti i giorni senza immaginare la distrazione con cui il caso le sapeva sconvolgere. Erano ragazzi che un giorno sarebbero cresciuti e diventati uomini, cosa che era stata negata a suo figlio.

Rimase lí a lungo, seguendo questi e altri pensieri.

Poi lasciò il sole del balcone e tornò nell'ombra, come fa ogni uomo quando ha preso la sua decisione.

Indice

Questo libro è stampato su carta contenente fibre certificate FSC®
e con fibre provenienti da altre fonti controllate.

FSC
www.fsc.org
MISTO
Carta da fonti gestite
in maniera responsabile
FSC® C115118

Stampato per conto della Casa editrice Einaudi
presso ELCOGRAF *S.p.A. - Stabilimento di Cles (Tn)*

C.L. 23948

Edizione								Anno		
3	4	5	6	7	8	9	2018	2019	2020	2021